長編超《スーパー》伝奇小説
魔界都市ブルース

〈魔《ま》界《かい》〉選《せん》挙《きょ》戦《せん》

菊《きく》地《ち》秀《ひで》行《ゆき》

NON NOVEL

祥伝社

contents

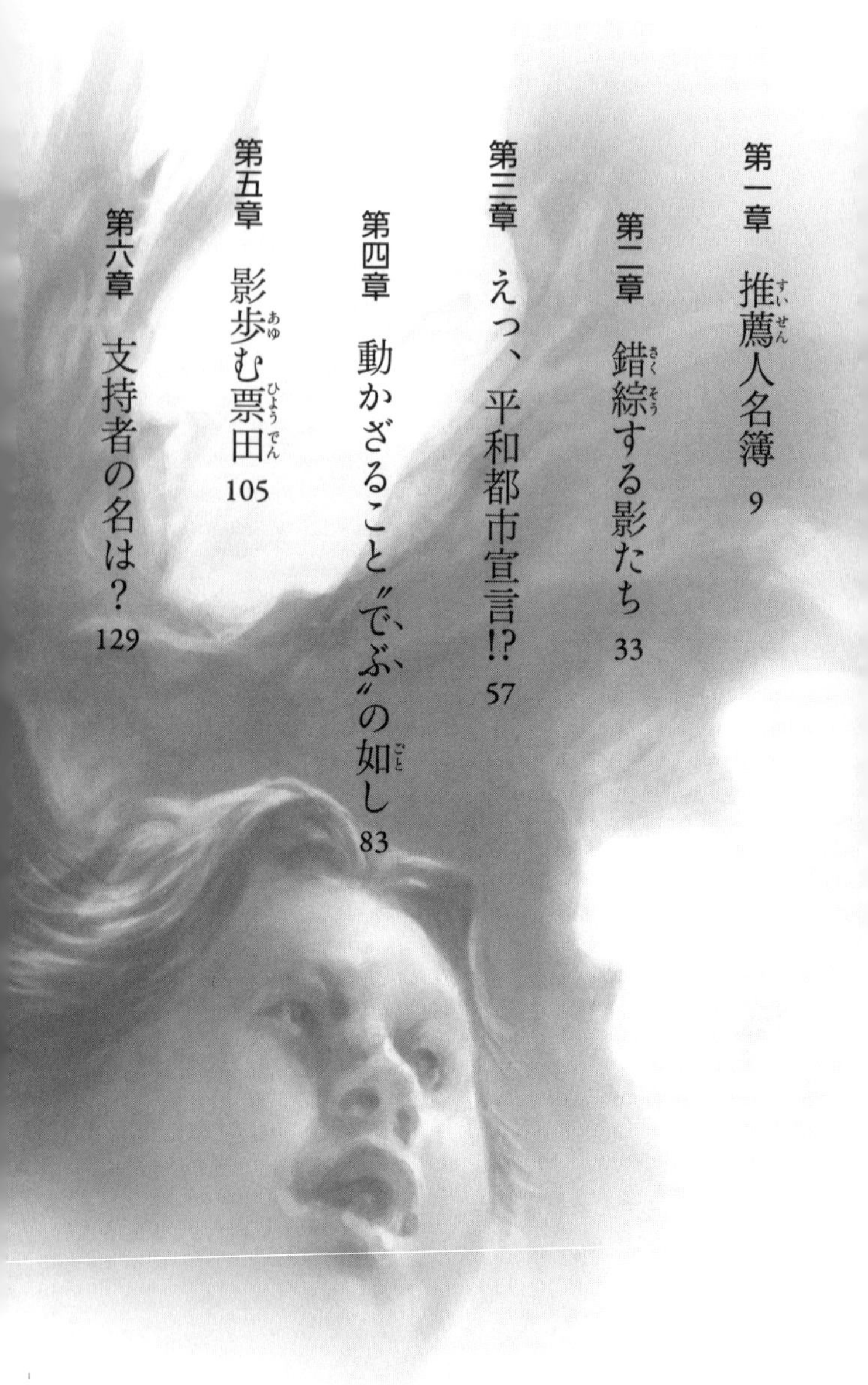

カバー＆本文イラスト／末弥　純
装幀／かとうみつひこ

二十世紀末九月十三日金曜日、午前三時ちょうど——。マグニチュード八・五を超《こ》す直下型の巨大地震が新宿区を襲った。死者の数、四万五〇〇〇。街は瓦礫《がれき》と化し、新宿は壊滅《かいめつ》。そして、区の外縁には幅二〇〇メートル、深さ五十数キロに達する奇怪な〈亀裂〉が生じた。新宿区以外には微震さえ感じさせなかったこの地震は、後に〈魔震《デビル・クエイク》〉と名付けられる。

以後、〈亀裂〉によって〈区外〉と隔絶《かくぜつ》された〈新宿〉は急速な復興を遂《と》げるが、その街を産み出したものが〈魔震〉ならば、産み落とされた〈新宿〉はかつての新宿であるはずがなかった。早稲田《わせだ》、西新宿、四谷《よつや》、その三カ所だけに設《もう》けられたゲートからしか出入りが許されぬ悪鬼妖物がひしめく魔境——人は、それを〈魔界都市〝新宿〟〉と呼ぶ。

そして、この街は、哀しみを背負って訪れる者たちと、彼らを捜《さが》し求める人々との物語を紡《つむ》ぎつづけていく。あらゆるものを切断する不可視の糸を手に、魔性《ましょう》の闇を行く美しき人捜し屋《マン・サーチャー》——秋《あき》せつらを語り手に。

第一章　推《すい》薦《せん》人名簿

1

秋《あき》せつらの場合、驚きの表現は、

「はあ」

を最小単位とする。

次が、

「はあはあ」

で、

最後は、

〝無言〟

である。

二番目までは体験者もいるが、最高レベルになると、ただひとりというのが彼を知る者の定説だ。

それが、その日の朝、〈新宿TV〉のニュース「もおにんぐプレス」を点《つ》けた瞬間、沈黙してしまった。

よく他局の「モーニング・プロレス」に間違われるこれは、その日の最速のニュースを茶の間に届ける番組として人気があるが、何しろ最速のため、確認システムが全く働かず、局も視聴者もそれは承知しているから、入って来たニュースを片《かた》っ端《ぱし》から流す。一〇分の枠《わく》の中で見境《みさかい》がないせいで、同じニュースが二重三重に重なるのはザラだ。殺人事件の被害者が、次では加害者になっていても、文句などつける者はいない。

今回のは重複なしであった。

タイトルが出た瞬間、

〝無言〟

が〈秋人捜《DSM》しセンター〉のオフィスを包んだ。

のみならず、せつらの口がぽかんと開いた。前代未聞というべきであろう。

レギュラー司会者の石部金造《いしべきんぞう》が、田舎《いなか》の堅物親父《かたぶつおやじ》みたいな顔で、浪花節《なにわぶし》そっくりに、

「情報提供オフィス〈ぶうぶうパラダイス〉を主宰《しゅさい》する外谷良子《とやよしこ》さん——年齢不詳——が、来月行なわ

れる〈区長〉選に立候補を表明しました。推薦人は病院経営のドクター・メフィスト氏と、〈西新宿〉のせんべい店経営・秋せつら氏とのことです」

読み了《お》えてから、この金造氏、眼の玉をひん剝《む》いたから、事前のチェックはなかったらしい。後《のち》に、これを見た視聴者の九割九分が同じ状態に陥《おちい》ったと知れた。

驚きが過ぎてから、せつらがまずしたのは、〈区役所〉の選挙管理委員会へ電話をかけることだった。

「はあ、確かに昨日の午後一一時五九分に届け出がなされております。締め切りギリギリですな。はあ、届け出は電話で構いません。締め切り後二四時間以内に必要書類を提出していただければ、はい」

と選管の担当者は応じた。

「しかし、推薦人――秋てのは知りませんが、ドクター・メフィストって――。あのドクター、何考えてるんでしょうな。わっはっは。え？　推薦人の取り消しはできませんよ。立候補者の承諾《しょうだく》書があれば別ですがね。しかし、実に面白い選挙になるのでしょうな。わっはっはっは」

次の連絡先は、言うまでもなく、〈ぶうぶうパラダイス〉であった。

「外谷です、ぶう」

吹き込みの声である。留守電だ。

一〇分ほどして、またかけた。

出た。

「はい、ぶう」

相変《あいか》わらず世界一ユニークな挨拶《あいさつ》だ。

名乗った。

「がっはっは」

と返って来た。

「慌《あわ》てているな？」

「当たり前だ」

それでも、せつらの声は茫洋《ぼうよう》としていた。

「どーいうつもりだ?」

「聞いたとおりだ。明日の午後、マスコミを集めて正式な記者会見を行なう。あんたも出ろ」

「冗談コロッケ」

「逆らうつもりか、ぶう。痛い目に遭《あ》うぞ」

「〈区長〉選に興味はない。どんな形でも、僕の名を出したら訴えてやる」

せつらには珍しい苛烈《かれつ》な内容だが、口調が春先だから、凄《すご》みは乏《とぼ》しい。

外谷は、ガハハハハと笑った。

「もう遅い。〈新宿〉の全マスコミにニュースは流してある。あんたもドクター・メフィストも一蓮托生《いちれんたくしょう》なのだ、ぶう」

「メフィストもOKしたのか?」

「あんたと違って、実に快《こころよ》くOKしてくれたのだ」

「嘘《うそ》をつけ、嘘を」

「さすがインテリは違う。あたしの主旨《しゅし》に大賛同してくれたのだ」

「しゅしィ?」

「あたしが単なる目立ちたがりで立候補したとは思っていないだろうな? 崇高《すうこう》な目的が、あたしを駆り立てているのだ」

「スーコーなモクテキ?」

「そうだ」

「何、それ?」

「今は言えないのだ。記者会見で発表する。あんたも出ろ」

「ご免だね。とにかく、僕の名を出すな。裁判にかけるぞ」

「ふっふっふ」

外谷は太ったふくみ笑いを洩《も》らした。不気味のひとことに尽きる。電話の向こうに果てしなくでかい暗い尻《ヒップ》をせつらは連想した。

「そんな真似《まね》ができると思うか? 〈ぶうぶうパラダイス〉を甘く見るな」

「とにかく訴える」

「ふっふっふ」

耳の奥に邪悪なでぶ声を留《とど》めながら、せつらは電話を切った。

二〇数分後、その姿は〈メフィスト病院〉の受付にあった。

「院長はいらっしゃいません」

顔馴《なじ》染みの受付嬢は、困惑《こんわく》を隠さずに言った。

居留守《いるす》だ。

せつらは、サングラスを外した。

〝せつら魔術《マジック》〟にかからないのは、盲目の者だけだ。

陶然《とうぜん》と頬《ほお》を染めた娘に、

「院長はどこ？」

「院長は――外出して――いらっしゃいます」

「むむ」

とせつらは洩らした。

メフィストの仕掛けはわかっている。同じ手を使ったのだ。あの院長に見つめられて、指示に逆らえる者はいない。死んでも守る。鉄の使命感を溶かせるのは、せつらの、これも美貌《びぼう》のみだ。

「外出して――いらっしゃい――ます」

娘は虚《うつ》ろに繰り返した。体内は、狂気に近い精神の戦場と化しているに違いない。

「そこを何とか」

とせつらは押した。

突然、娘の眼球が反転した。

せつらは、

「あれ？」

と言った。

娘の顔は、白眼を剝いたメフィストに変わっていた。

「帰りたまえ」

と娘＝院長は言った。メフィストの声である。

「帰るとロクなことにならないぞ。どういうつもりで引き受けた？」

「ふむ」

「ふむじゃない。おまえの名前が出た以上、〈新宿〉は大混乱に陥るぞ」

「もう陥っています」

隣の席の受付嬢であった。

「秋さんがいらっしゃる前に、一〇〇人ばかり、コメントをくれと押しかけて来ました。何とか拒否しましたが、何人かはロビーに残っています。変装もしているかもしれません」

娘＝院長が、彼女をふり向いて、

「口を慎《つつし》みたまえ」

「あ」

娘は元の位置に戻った。

「というわけだ。帰りたまえ」

「どういうわけだ、メフィスト？」

せつらがまた訊《き》いた。

「じきにわかる」

「じ、じきっていつだ？」

「楽しみに待ちたまえ」

娘＝院長の顔が、がくりと前に垂《た》れ、すぐに跳《は》ね戻った。

元に戻っていた。

せつらを見て、たちまちとろける。

「話にならない」

せつらは、奥へと向かった。

その背中に、君、という声がかかった。

聞き覚えがあった。

現〈区長〉梶原《かじわら》の第一秘書だ。

構わず行こうとした。その前に廻《まわ》って道を塞《ふさ》いだ。あと二人若いの——第二、第三秘書がバリケードを構成した。

「何か？」

「秋さんだね。私は〈区長〉の梶原の第一秘書——南《みなみ》です。こっちは、第二秘書の高塩《たかしお》、第三秘書の浅間《あさま》です」

「よろしく」

と二人が頭を下げた。せつらを見る顔は、半《なか》ば陶然と眼をうるませている。サングラスをかけていても、〝せつら魔術《マジック》〟は防げない。

「何か?」

せつらは素《そ》っ気《け》なく訊いた。

「――今朝のニュースを見て、天地が引っくり返りそうになってね。いや、まさか君と院長が、梶原の対立候補の推薦人に名を連《つら》ねるとは青天《せいてん》の霹靂《へきれき》だったよ。それでとんで来たんだが――あれかね、院長と打ち合わせかね?」

「ノン」

とせつらは鼻先から声を出した。

この秘書が気に入らないのである。

「なら、何処《どこ》へ行く? 院長に用があるのなら、同席させてもらいたい。君のも含めて二人の意志を確かめたいのだ」

「後日、記者会見を開く」

聞いた途端《とたん》に、南は青ざめた。

「記者会見?――じゃあ、本気なのかね?」

「記者会見で」

せつらは身を翻《ひるがえ》した。

三人の呆然《ぼうぜん》たる気配が遠ざかっていく。

「記者会見」

とつぶやいた。案外、いい気分なのかもしれない。

副院長すら何処にあるのかがわからないという院長室へ、せつらは一発で入ったが、部屋の主《あるじ》は不在であった。ドアを背に、

「いるのはわかってるんだ。僕の名前を出したのは、おまえだな。選挙の応援なんかするつもりはない。特にあの女は死んでもご免だ。おまえの趣味だとは知らなかった。幸せな家庭を築くがいい」

悪態をついて出た。

ホールへ戻るとうるさいに決まっているから、裏

口へ廻った。

ガードマンも保安係も何も言わなかった。

顔を知らなくても、この病院では秋せつらと一発でわかる。

裏口のモニターを、ヘッド・アップ・ディスプレイでチェックしながら突っ立っているガードマンへ、

「怪しいの、いる？」

すぐに、

「いえ、敷地内には誰も」

「どーも」

足音もたてずに出た。

途端に、

「いたぞ」

正面玄関の方から蛮声《ばんせい》が上がり、足音が入り乱れながら追って来た。

頭上をふり仰《あお》いだ。

鳥が集まっている。

あの中の一羽が、一機——偵察用飛行体《ドローン》なのだ。

敵はそれをホールでチェックし、裏口のせつらを発見したのであった。

必要とあれば、妖糸《ようし》の一本で宙に躍《おど》ることも、押し寄せる連中を絡《から》め取ることも可能だ。

せつらは無言で裏門へと歩いた。

一〇歩で囲まれた。

超小型レコーダーが突き出され、同じくミニ・ビデオ・カメラが廻される。

「何ですか？」

せつらは立ち止まり、咳《せき》払いをひとつしてから、
と訊いた。普通は、何？　くらいで、顔もこの角度は取らない。

2

「撮《と》り易《やす》いねえ」

「モデルやってたんですか？」

記者たちの声を、ふっと無視したところへ、

「あなたとメフィスト院長が、次の〈区長〉選で、外谷さんを推薦、支持していらっしゃるそうですが、本当ですか？　まさかという声が圧倒的ですが」

「君、どちら？」

「〈魔界都市日報〉です」

せつらは眼を閉じ、

「うーん、そうだと思う」

「やはり、嘘ですか？」

「嘘」

かすかにうなずく。驚き、慌てふためく声が、いくつも上がった。女性記者が次々に倒れたのだ。残ったのは、前もってサングラスをかけたベテランらしい連中だが、これも、今にも引っくり返りそうだ。お蔭《かげ》で、せつらの返事に対する驚きの声が、どこかへとんでしまった。

「幸い、病院だ。誰かスタッフを呼んで来い」

「莫迦《ばか》野郎、来たら止められるぞ。放《ほ》っとけ」

「莫迦野郎てな何だ、莫迦野郎」

この間を縫《ぬ》って、

「〈亀裂《きれつ》タイムズ〉です。嘘だと言いますと、あなたたちの名前を、外谷さんが勝手に使ったと？」

「僕のは、ね。もうひとりはわからないなあ」

「メフィスト院長は、納得済みだと？」

「そうは言ってない。嘘書かないでくれたまえ」

「〈妖物《ようぶつ》時代〉ですが、今日、こちらへおいでになったのは、院長の真意を質《ただ》すためでしょうか？」

「ま、そうかな」

どよめきが上がった。

「〈西新宿万歳《ばんざい》〉です」

珍妙な名称は、特定の地区にだけ配布する新聞やフリー・ペーパーも押しかけているためだ。

「――で、院長は何と？」

「留守だそうだけど」

「――だけど、と仰《おっしゃ》いますと、居留守だと？」

「可能性の問題だけど」

「〈仰天《ぎょうてん》コミック〉です――院長が受けられた可能性は高いのでしょうか？」

「わからない――漫画誌も来てるんだ」

「情報ページの担当です。電子版もありますし」

「〈週刊〝歌舞伎町《かぶきちょう》〟は病んでいる〉です。院長が承諾しておられたら、あなたも受けられますか？」

「とんでもない」

「――では、外谷さんは何故《なぜ》、あなたの名前を勝手に使用したのでしょうか？」

「当人に訊いて」

「〈ホームレスの友〉です。外谷さんとあなたが非常に親しい仲だという情報があるのですが」

「仕事上は付き合いが多いけれど」

「それ以外では、どうでしょう――つまり、その」

明らかにアホな質問だよなという表情で、

「えー、その――男女の仲である、と」

せつらは沈黙した。

これ無理もない、と思った全員から大爆笑が起こった。

誰が考えても、あり得《え》ないと思っている――そんな現象であった。

「ま、想像してみて」

せつらがこう言うと、

「〈新宿ゲス日報〉です。院長とはどうだとお考えでしょう？」

「わからない」

せつらはすぐに答えた。

「あの二人は謎の人物だから」

その時、正面玄関から、どう見ても、集まってる連中の仲間――という感じの集団が、ビデオ・カメラやＩＣレコーダー片手に駆け込んで来た。

めざとくせつらたちを見つけるや、いたぞ、と叫んで押し寄せて来た。

「〈区外〉の奴《やつ》らだぞ」

〈新宿ＴＶ〉の記者が叫ぶや、みなせつらを囲んで奥の方へと移動しはじめた。

「〈区外〉の奴らにうまい汁を吸わせてたまるか」

「あいつら、ハイエナだ」

「おれたちが盾《たて》になる。早く秋さんを逃がせ」

「おお」

二〇名近い取り巻きに守られ、非常口へと急ぐせつらの背後で、てめえ、ハイエナめ、島流しども、という叫びが入り乱れた。島流しとは、〈亀裂〉によって〈区外〉の地から切り離された〈新宿〉の住民を、過去の八丈島《はちじょうじま》へ流された罪人になぞらえた罵倒《ばとう》である。

〈西新宿万歳〉の記者他二名が外をチェックし、

「大丈夫――気を付けてお行きなさい」

これに対して、

「どーも」

と伝えてせつらは無事、〈メフィスト病院〉を脱出した。

次の訪問先は決まっていた。


しかし、場所がわからない。

携帯をかけた。

「はい、ぶう」

留守電ではなかった。ぶよったい肉声である。

「僕だ」

「ふふふ、やはりかけて来たか、ぶう」

電話の向こうで、でぶが笑っている。

「これから直談判《じかだんぱん》に行く。何処だ？」

女情報屋・外谷良子のオフィス〈ぶうぶうパラダイス〉は、固定した場所を持たない。あるときは、〈歌舞伎町〉のど真ん中にあるマンションの一室、あるときは〈矢来町《やらいちょう》〉の閑静《かんせい》な一軒家、またあるときは〈新小川町《しんおがわまち》〉の地下墓地の一区画と予断を許さない。

怨《うら》みを買った連中の魔の手から逃《のが》れるためだとも、経営者の趣味だとも言われるが、せつらは自分の神格化が目的だと思っていた。

「人間、あそこまで太ると神様になるしかない」

大概《たいがい》の聞き役は一笑《いっしょう》に付《ふ》すが、外谷を少しでも知ると、あれれやっぱり、と思うようであった。

「内緒だ、ぶう。マスコミがうるさい」

「それはわかるけど——では、僕の名前を外せ」

「やだね、ぶう」

「どうして?」

「あんたとメフィストの名前が後ろ盾になれば、〈新宿〉の女性層は、賭《か》けてもいいけど、全員あたしに投票するからだ、ぶう」

「僕は人捜し屋だぞ。一種の探偵だ。選挙の宣伝カーや演説会場のポスターに名前を出されてみろ。商売上がったりだ」

「任《まか》せておけ、ぶう」

「何をだ?」

「〈区長〉にさえなれば、〈区〉の財政は思いのままだ。あたしが食わせてやろう」

「真っ——」

ぴらと言いかけて、せつらは、

「幾《いく》ら?」

に変えた。

「がっはっは」

と外谷は大笑し、ぼん、という音がした。腹を平手で叩《たた》いたらしい。想像するだけで爆笑ものだが、そこに大物感が漂《ただよ》うのが凄い。

「世の中、すべて金だわさ。いいとも、特別会計で支払ってやろう。月五万でどうだ?」

「河馬《かば》の餌代《えさ》じゃないぞ」

「えーっ!?」

驚きの声があまりに大きいので、せつらは思わず携帯を外し、眼の前で見つめた。本気で驚いているらしい。

「河馬の餌ってそんなにかかるのお?」

「とにかく、おまえとは相容《あい》れない」

せつらは、少しうんざりしたふうに言った。

「僕の名前は外せ。明日いっぱいで消さないと、正式に告訴する」

「五万と少し」

「明日いっぱいだ」

ろく、と向こうが言いかけたところで、せつらは携帯を切った。

切ってから、少しの間、携帯を見つめたまま立っていた。

〈靖国《やすくに》通り〉に面した「シダックス」と「カラオケ館」の間の路地である。

パトロール中の警官が、

「君ちょっと」

と声をかけて来た。

「何をしているんだね?」

「携帯を見ている」

「一緒に来てもらおう」

せつらはサングラスを外して、そちらを向いた。

棒立ちになった警官たちの間を抜けて歩み去るのは、至極《しごく》当然の結果だった。


せつらはその足で〈早稲田鶴巻町《わせだつるまきちょう》〉にある銭湯を訪れた。

大きく、

湯

と書かれたガラス扉を開けると、番台の男が、じろりとこちらを見て、陶然となった。秋せつらの魔法——別名〝ゾンビ化計画〟だ。

墨絵《すみえ》の極致のごとき眉《まゆ》、人間ではけして彫り上げられぬ流麗《りゅうれい》な鼻梁《びりょう》、そして、あのとしか言えぬ深い黒瞳《こくどう》と妖《あや》しい唇、美しさが集まって美しさを構成する、決して世界にあり得ない美貌。天工《てんこう》の作品と言われるのもむべなるかな。

「相沢修平《あいざわしゅうへい》さん?」

せつらの問いに、番台係はうなずいた。もはや術にかかっている。美しさの情報が脳に灼《や》きつき、耳《じ》朶《だ》を震《ふる》わせる声が、その像にさらなる深さと鮮明さを与えて、彼の美の虜《とりこ》になった無思考の崇拝《すうはい》者を造り出すのであった。

「あんた……誰だ？」

「秋せつら。奥さんのご遺族の依頼で伺《うかが》いました」

番台係――相沢は、それでも抵抗を示した。

　腰を下ろした座布団《ざぶとん》の下に手を入れ、大型の自動拳銃《オート》を掴《つか》み出したのである。だが、引金《ひきがね》にかけた指は、力を入れる前に引金と溶け合い、同時に骨まで食い入る痛みに全身が硬直した。

「奥さんとお子さん二人を殺害したとも伺っています。ご同行ください」

　通常、人捜し屋の仕事は、求められた相手の所在を確認し、依頼主にもそうさせた時点で終わる。連れ戻すのは別料金だ。

　相沢に否《いな》やはない。意志なきゾンビ状態のまま、彼は番台を下りた。

　いきなり、女湯との仕切りのドアがスライドした。

　バスタオルを巻いた女性客が、上気《じょうき》した顔に好奇心を塗りたくって、せつらを認めるや、

「いたわよ！」

　と指さし、どっと男湯に桜色の肉体が溢《あふ》れた。銭湯の前で女性客と出くわしたのを、せつらは思い出した。顔は見なかったが、当人だろう。

　素早く外へ出た。見えない糸に縛《しば》られた相沢は後からついて来る。

　女たちが相沢を取り囲んだ。

「何であんたが一緒に行くのよ？」

　金切《かなき》り声で食ってかかった。

「ひとりでこの人のお気に入りやるなんて許せないわよ」

「その人から離れなさいよ」

　ついに打撃音と――悲鳴が上がった。

「助けてくれ」

「いいとも」

　せつらはふり向いてサングラスを外した。それだけでよかった。倒れた女客たちを後に、二人は立ち去った。後には番台の消えた銭湯が残された。

せつらはタクシーを拾った。

「タクシー代は、経費かい？」

相沢が訊いた。諦《あきら》め切った声である。糸はゆるめてあった。

「そう」

「〈早稲田ゲート〉まで〈鶴巻町〉からタクシーとは豪勢だと思ったら、やっぱりな。この街の連中は、みんなしっかりしてやがる」

「環境」

「さぞや貯《た》め込んでるんだろうな？」

「全然」

「え？」

「宵越《よいご》しの銭《ぜに》は持たねえって、知ってる？」

「ああ。江戸の町人の生き方だろ」

「火事が多かった」

せつらが、こんな話をするのは珍しい。外谷の推薦人に挙《あ》げられてから、調子が狂っているのか、或《ある》いは、〈新宿〉の核心に触れる話だったからか。

相沢は、そうだ、と言った。

「江戸の町家は木の家が密集してるせいで、一度火事が起きると大火になる可能性が高かった。そうなったら、もう止まらない。貯め込んだ金も、ひと晩で灰になっちまう。それで、在《あ》るときに景気よく使っちまうんだったな。しかし、〈新宿〉は――」

ここで、はっと気がついた。

「〈魔震《デビル・クエイク》〉」

とせつらが念を押した。

「そうか、おれがここへ来て四カ月半だが、弱い揺《ゆ》れでも三〇〇〇回以上あった。また、ドカンと来るのか？」

怯《おび》えたふうなのは、〈区外〉の人間でも、〈新宿〉へ来れば否応《いやおう》なしに〈魔震〉の爪痕《つめあと》を体験するからだ。廃墟《はいきょ》、妖物怪物化した犠牲者たち――実例は幾らでもあるが、日々、小型の〈魔震〉を体験するとなれば、この男もいつか宵越しの一派に加わるだろう。

3

うそ寒そうな表情を何とか変えて、ついでに話題も変えた。

「――あんたも変わってるよな」

「――何が？」

「あのでぶの〈区長〉選の応援を買って出たんだろ？　勇気があるどころじゃねえ。ま、あんまり極端すぎて、出来てるって噂《うわさ》はなかったがよ」

「誰に聞いた？」

「おい、おれは風呂屋の番台だぜ。あそこは情報交換の場だ。貧乏人どもの社交場で、黙ってたってこの耳に入って来らあ」

「――いつ聞いた？」

相沢は小首を傾《かし》げて、

「ふた月くらいになるかな」

せつらは、眼を宙に据《す》えた。

そんなに昔から!?　と騒ぎたいところかもしれない。

「おれも、あの女の名前くらいは知ってる。情報屋としての腕も大したもんだそうだな。しかしな、〈区長〉っていやあ〈新宿〉のトップだ。それになろうなんてな、身の丈《たけ》を外れすぎてる。初めて耳にした時ぁ、絶対に落ちると思った。しかし、あんたとドクター・メフィストが後見役に付くんなら話は別だ。〈新宿〉中の女どもが一票を投じるぜ。男だって危ねえ。あのでぶの圧勝さ。けどな、あんたの評判は地に落ちる。それだけじゃねえ。あんたの商売――〈新宿〉じゃかなりしづらくなるんじゃねえか？」

「なる」

とせつらは返し、

「身の丈じゃない。身の幅だ」

と言った。相沢の耳には届かなかったらしい。

「おれも面白《おもしれ》えと思って、その話題には特に注意したし、あれこれ考えてみたよ。けど、どうしてもひとつ腑《ふ》に落ちねえことがある」

そのとき、タクシーが停《と》まった。

〈早稲田ゲート〉であった。高い鉄の門の前に、観光客と——待ち人風情《ふぜい》の男女が四人ほど立っている。後ろには〈区外〉のパトカーが二台とタクシーが一台駐《と》まっていた。

せつらが料金を払った。釣銭《つりせん》の後で、

「領収書」

と言った。

それを受け取ってから、外へ出た。相沢が続いた。

四人が近づいて来た。二人は刑事だろう。〈区外〉と〈区内〉の担当に違いない。

引き渡しはすぐに終わった。

刑事たちとは別の二人——夫婦らしい中年の男女の女のほうが相沢に近づいた。

男の表情が変わった。

だが、女はその場で足を止め、呆《ほう》けた表情になった。

先刻、相沢が番台で体験したのと同じ痛みが全身に食い込んだのである。女性ひとりにやりすぎだが、せつらにそういう容赦《ようしゃ》はない。

「請求書は後ほど郵送します」

と、男のほうに告げた。女のほうは、ぐたりとその腕にもたれている。痛みもあるが、せつらを見てしまったのだ。糸は外れていた。

「私の妻は、奴の女房の姉です」

と男が言った。

「はあ」

「二人の子を可愛《かわい》がっていたし、とてもなついていました。今日、殺すつもりで——コートのポケットには拳銃《けんじゅう》を隠していたのです」

「はあ」

「でも、あなたのお蔭で、もうひとりの殺人犯にならずに済みました。お礼の言葉もありません」

「はあ」

男はせつらの手を両手で握った。妻の凶行を防いだのが、せつらの美貌だと勘違《かん》いしているのだろう。女の肩を抱くようにして、後方に立つ相沢と刑事たちの方へ歩き出した。

「じゃあな」

相沢が大声で会釈《えしやく》して見せた。

「あんたみたいなドいい男に捕まってよかったぜ。冥土《めいど》の土産《みやげ》だ」

笑顔になった。刑事たちに促《うなが》され、門の方へ歩き出そうとして、ふり返った。

「——わからねえことってのはなあ」

声をふり絞《しぼ》った。

「——あのでぶが立候補した理由だ。こいつは誰にも謎のままだ。はっきりするのを愉《たの》しみにしてるぜ」

せつらは小さく、

「何とか」

と応じた。聞こえるはずもない。「——するよ」と続くのかもしれなかった。

今日の予定はこれで終わったが、せつらは帰宅せず、〈早稲田大学〉に近い〈学生〝モルグ街〟〉へ向かった。

誰にも明かしたことはないが、二〇世紀末のパリの一角を模した街並みが気に入っているのかもしれない。

道を行くのは若者たちが殆《ほとん》どであった。この一区画は学生たちのアパートやマンション、下宿が並んでいる。

若者の中には、一九世紀末の衣裳《いしよう》を着けた連中も混ざり、古臭い絵看板を掲《かか》げたヨーロッパ風の居酒屋《パブ》や大衆食堂《レストラン》とともに、ノリの良さを誇っていた。

派手な飾りつけのカフェに入って、せつらは珍しくコーヒーを注文した。

正午近くの店内は学生で賑《にぎ》わっていた。フロックコートにステッキの一九世紀風と、若々しいデザインのジャケットにジーンズという今風が、同じテーブルを囲んで談笑する光景は、映画のスタジオを思わせた。初めてやって来た観光客などは眼を白黒させるだろう。

フリルだらけのドレスを着た女給《ホステス》が錫《すず》のカップに入ったコーヒーを運んで来た。照れ臭そうだ。学生のバイトだろう。

せつらの顔を見るや、放心状態で戻っていく。別のテーブルの連中にぶつかり、あちこちで怒声《どせい》が上がった。

ひと口飲《や》って、せつらは無表情におえと洩らしてカップを置いた。濃すぎる。しかも、ぬるい。

前方に眼を据え、

「訴訟か」

外谷の要求を止めるには、それしかない。

「どいつも逃げ廻る」

外谷とメフィストのことを言っているのである。

「見境のないでぶと藪《やぶ》医者め」

店の外で、ブレーキ音が聞こえた。

この街では珍しい現象だ。ここ数年来、〈新宿〉のガイドブックにも掲載されるようになったこの偽《いつわ》りの旧市街は、雰囲気を重視する観光客のために、車の乗り入れを禁じている。乗り物は観光用にあつらえた辻馬車だ。

足音が四人分入って来た。観光客ではない。お揃《そろ》いの渋いスーツにネクタイの男たちだ。スーツの前を開けてあるのは、腋《わき》の下のふくらみをごまかすためだろう。

せつらを囲むように立つと、ひとりが、

「秋せつらさんですな。〈区役所〉の公安部の者です」

IDカードを示して、部長の西本《にしもと》だと名乗った。

「梶原がお目にかかりたいとのことで――ご都合が

よければ、ご同道願います」

「もの思いにふけっているけど」

「では、終わるまでお待ちします」

「そーゆーもンじゃ――」

西本は声をひそめて、

「あなたが外谷候補の応援に立ったということで、梶原はショックを受けています。いつ寝込んでもおかしくはありません。何とかお願いできませんか？」

「僕にもさっぱりわからない。外谷も藪医者も逃げ廻っているし。これ以上、深入りするのはグ、だ」

「ぐ、ですか？」

「そう。愚」

「あ、愚」

「外谷良子、メフィスト、そして〈区長〉――疫《やく》病神《びょうがみ》の三種の神器だ。帰れ」

「そう仰らず」

「やだ」

西本は息をひとつ吐《つ》き、

「これを」

と一通の封書を取り出した。

表面に、
秋くん江
裏に、
梶原
とあって、蠟《ろう》の封印が押してある。鈴蘭《すずらん》だ。

せつらは眼を閉じて、

「返す」

と封筒を押しやった。

「そこを何とかァ」

西本の声に悲痛な響きが絡みついた。別の者が加わったのに、せつらは気がついた。店へ入って来る足音だ。ただし、こちらは――忍ばせている。

悲鳴が上がった。

ふり向いた公安部員たちの眼は、呆然と右の手首を眺《なが》める男たちを映した。

男たちの手首から先は、短機関銃《SMG》や拳銃を摑んだまま、床を血に染めていた。幾《いく》つも並ぶと、何処か滑稽《こっけい》な眺めだった。

客たちがどよめいた。

「何だ、おまえたちは⁉」

西本の合図で、部員たちが駆け寄った。武器を抜いている。

手首を失った男たちは一斉《いっせい》に後退した。

ひとりが、

「ビリー」

と叫んだ。

扉が吹っとんだ。板とアスファルトを押しつぶしながら、四角い影が入って来た。

「機械戦闘員《メカ・ファイター》だ！」

公安部員たちが、せつらを庇《かば》うように移動しながら、こちらも武器を向けた。

全長二〇センチもない短機関銃《SMG》である。六〇連発の二縦弾倉に込められた弾丸は二二口径の弱装弾《じゃくそうだん》だが、〈区〉ではこれに特殊火薬と超軟弾頭及び徹《てっ》甲《こう》弾頭を採用。毎分七〇〇発の速度で交互に射出される弾丸のどちらに当たって、拳《こぶし》大の内臓を持っていかれるか、背骨をぶち折られるかは神のみぞ知る、だ。

ビリー——機械戦闘員のごつい四肢《しし》が火花で飾られた。跳弾《ちょうだん》が室内を飛び廻り、客たちは悲鳴を上げて逃げまどい、床に伏せる。

「無駄《むだ》だ、逃げろ」

西本がせつらの方を向いて、眼を丸くした。いない。

何処へ？　と考える前に、ビリーの応射が始まった。

胸部の七・七ミリ機関銃四挺《ちょう》と、両腕先端部の二〇ミリ四連装短銃身バルカン砲が、万全の銃火を放って公安部員たちを骨と肉に変えていく。血しぶきはおまけだ。

三トンの巨体が西本と対峙《たいじ》した。五〇ミリの対砲弾合金に守られた操縦者をどうこうできるはずもない。

西本は虎に追いつめられた兎《うさぎ》に等しかった。

「外谷の手先か？」

と叫んだ。声は力強いが実は左半身を血に染めている。跳弾が肩を貫《つらぬ》いたのだ。

ビリーの銃口に操縦者の殺意が集中し、火を噴《ふ》いた。弾丸は空気を貫き、西向きの窓ガラスを四散《しさん》させた。

操縦者は目敏《めざと》かった。

前へ伸ばした両腕を肘《ひじ》の部分から垂直に立てるや、天井へと二〇ミリ砲弾を撒《ま》き散らす。

二〇数個の貫通孔《かんつうこう》が開いた瞬間に止まった。

バルカン砲の銃身が回転を止め、あらゆる音が体内から消滅する。機械は死んだ。

西本とせつらが蜘蛛《くも》のごとく天井から下りて来たのは、それを見届けた後であった。

着地した西本はよろめいたが、しゃがみ込みもしなかった。

鉄の死者に向けた顔は、うっとりと溶けていた。

彼は秋せつらをじっくりと眺めたのだ。

背を天井に付けたまま、身じろぎひとつせず、鉄の殺人者を抹殺《まっさつ》してのけた天上の美貌を。一〇〇〇分の一ミクロン――チタン鋼の妖糸が鉄人の頭部関節部分に侵入して、その心臓――メイン・コンピュータを切断したと、知り得るはずもない。

店内にようやく、ざわめきが満ちてきた。泣き声は観光客、悪態は〈区民〉の担当だ。パトカーのサイレンも近づいて来た。

「外谷でしょうか？」

と西本が呻《うめ》いた。

「理由は？」

せつらの声は、いつもと同じだ。いま世界中の人間が眼の前で死んでも、変わるまい。

西本は下唇を舐《な》めて、

「あなたを我々の陣営に取られる前に」

と言った。

「自分が犯人と公表しながら、人殺しをするでぶがいると思う?」

「あのでぶなら」

せつらが、ちら、と公安部長を見た。敬虔《けいけん》な表情をしている。

「操縦者がいない」

と言った。

「そんな――これはパイロット操作のマシンです」

「死霊《しりょう》」

「やっぱり――あのでぶだ」

せつらの口元に、世にも珍しいものが浮かんだ。明るい笑いだ。西本の頑迷《がんめい》ぶりに対するものか、外谷を思い出したのかはわからない。

「行こう」

と言った。

西本は大きく息を吐いて、

「助かります。ここの始末は我々がつけます」

「よろしく」

敵味方の死体を残したまま、二人は外へ出た。ビリーの仲間たちも、公安部員の流れ弾に当たって、全員死亡か虫の息だ。どちらにせよ、長いことはあるまい。

第二章　錯綜《さくそう》する影たち

1

「手紙は読んだ」

　ホテルのロビー並みの広大豪華な〈区長〉室で、せつらは梶原の手紙を黒檀《こくたん》のテーブルに置いた。

「いや、そうかね。なら結構だ。あ、ありがとう」

　明らかに梶原は動揺を超えて怯《おび》え切っていた。自分で書いた手紙へのせつらの反応が怖《こわ》いのだ。なら、書かなければいいのだが、その辺が梶原らしいといえばいえる。

「あのでぶは自分の敵だ」

　とせつらは言い出した。手紙の暗唱であった。

「〈新宿〉のいま見る繁栄の礎《いしずえ》は自分が築いたものであり、〈新宿〉は今なお自分の手によって、新たな繁栄の次元へと歩みを進めている。自分の行く手に立ち塞《ふさ》がる者のすべては悪であり、その張本人もその企《くわだ》てに加担する者も自分は許さない。〈新宿〉のあらゆる力をもって排除し抹殺することをここに誓うものである。ついては内々に話がしたい。この書面を届けた者たちと、至急、〈区役所〉へ来られたし」

　最後に梶原の名前を読んで、

「いい度胸してるなあ」

　とせつらは、血の気を失った〈新宿〉の最高権力者を見つめた。

「メフィストにも、これを？」

「いや、それは――これからだ」

「僕なら青くなる、と？」

「いや、それは――」

　梶原の全身は冷たい汗にまみれていた。青いのは彼のほうであった。美しい若者が自分を追いつめていることに、彼はとうの昔に気づいていた。

　大きく手を振って、ごまかそうと努めた。必死の思いであった。

「わしはわしはわしは――君の君の君の――腹の裡《うち》

を知りたいのだ。なぜ、あのでぶに肩入れする？」

「していない」

「え？」

「でも、してもいい気分になった」

「ま、まさか」

梶原は絶句した。汗を拭《ぬぐ》ってから、

「そその手紙は忘れてくれ。これからもよろしく」怒りのあまり指が走りすぎた。

「外谷と喧嘩《けんか》をしたことは？」

せつらが訊《き》いた。

「ない、ないとも」

「面接したことは？」

「ない」

「あれが立候補した理由は？」

「噂《うわさ》によると、今の——つまり、わしの政策に義《ぎ》憤《ふん》を感じたからだそうだ」

「ギフン」

そう洩《も》らしてから、ぎゃふんとつけ加えた。意図は不明だ。

「政策は？」

とせつらは続けた。

「特に表明していない」

「政策がない？」

「思いつかなかったのではないかね？」

二カ月前から企《たくら》んでいた立候補に、政策がない。しかし、せつらはうなずいた。梶原の推理が正しいとしか思えなかった。

「君のほうの事情はわかった。しかし、いくらあれでも、秋せつらの了承も得ずに、名を挙《あ》げるとは思えんが」

「挙げてしまった。もう外せない？」

「遺憾《いかん》ながら。後は訴訟しかないが、時間がかかる」

「だったら、話し合おうという選択もない」

「世の中、裏があるということだよ、秋くん」

自分の土俵に入ったと思ったらしく、梶原はようやく笑顔を見せた。

「こうなった以上、君に外谷から離れてくれとは言わん。しかしながら我が陣営のために働いてくれることは、できそうだなあ、と」

「買収だな」

「とんでもない」

　梶原は激しく頭をふった。

「あくまでも希望だ」

「それはそれは。断わる」

「いや、君ね」

「訴訟を起こす。それでこの件には一切《いっさい》関わらない」

「それは勿体《もったい》ない」

　梶原は食い下がった。

「女性に対する君のアピールは絶大だ。その力を放《ほう》棄《き》する手はあるまい。自分のために役立てて欲《ほ》しいという候補者は——全員だ」

「あなたのために動くつもりはない」

　のんびりと伝えて、せつらは身を翻《ひるがえ》した。

　一〇歩ほど歩いてふり返り、

「この部屋——派手すぎない？」

「そうは思わん。〈新宿〉の〈区長〉たるもの、それなりの備《そな》えが必要だ。この程度は可愛《かわい》いものだ」

「他にも色々と聞いてるけど」

「ど、どんな話だ？」

　血相《けっそう》が変わった。

　五期も〈〝新宿〟区長〉の座にある男だ。並みの資質で務《つと》まるはずはない。彼を罵《ののし》る者たちも、それだけは認めている。それが、これだ。奇妙奇怪な性格という他はなかった。

「女子職員の尻の形は全員《みな》わかる、と豪語した」

「…………」

「接待の席で、ミスした職員が減俸《げんぽう》になれば、誰かの銀行口座の額が上がる、と腹を叩《たた》いて見せた」

「…………」

「特産品輸出の量が多少違っていても、リベートの額は下がらん、と愛人のバーのマダムにコクった。ちなみに、〈歌舞伎町〉にある『デラシネ』の厚子《あつこ》さん」

「や、やめんか。みな、出鱈目《でたらめ》だ。漏洩《ろうえい》ソースは何処《どこ》だ？」

「〈ぶうぶうパラダイス〉」

「なんと!?」

「知りすぎた女」

とせつらは小さく言って、

「来期は危ないな」

と梶原を見つめた。彼は喚《わめ》いた。

「やかましい。そんなガセネタで、この梶原が打撃を受けてたまるものか。えーい、そんなじと目で見るな。〈新宿〉はわしの力で再生してのけたのだ。〈新宿〉の特産品を〈区外〉へ売ろうと思いついたのは誰だ？　このわしだ。そのためのシステムを完備したのは誰だ？　それもこの梶原だ。〈亀裂〉へ最初に調査団を下ろし、古代文明の大遺跡を発見して、観光の目玉にしたのは誰だ、わしだわしだわしだ。他の誰でもない。おお、栄光の光よ降り注げ。天使よ、舞い下りろ、神よ顕現《けんげん》せよ。そして、この人捜《さが》し屋に伝えてくれ。女どもの尻を撫《な》でたくらいで文句を言うな。減俸分など些細《ささい》な額だ。多少の賄《わい》賂《ろ》を受け取って何が悪い。これで〈新宿〉は栄え、やがて、この国の首都となるだろう。秋せつらよ、おまえは――ん？」

汗まみれで眉《まゆ》を寄せる梶原の視線の先に、美しいマン・サーチャーの姿はすでになかった。たぶん、呆《あき》れはてて。


少々、困った事態が起こりつつあった。

翌日、せつらは、〈モルグ街〉で自分を狙《ねら》った殺し屋たちの身元を洗うべく、〈ぶうぶうパラダイス〉へ連絡を取ったが、留守電だったのである。

「〈新宿〉のために粉骨砕身《ふんこつさいしん》努力すべく、この身をすべて〈区長〉選に捧《ささ》げたいと思います。勝つまで休業、ぶう」

と結ばれていた。

やむを得ず、別の情報屋に当たると、

「悪いが、あのでぶを応援してる間は、役に立てねえな。投票が終わったら来てくれや」

となると、〈新宿警察〉しかない。馴染《なじ》みの捜査員にかけたが、まだ判明していないとのことだった。

「ふーむ」

六畳間のオフィスで腕を組んだとき、電話が鳴った。

「元気らしいね」

誰よりも馴染みの声であった。

「何処にいる？」

「〈病院〉だ」

「なぜ、逃げ隠れする必要がある？」

「危険な手術にかかりきりだ。休みを含めて悪くすると一年かかる」

「嘘《うそ》をつけ」

「本当だ」

とメフィストは言い張った。

「幸い、今は時間がある。病院へ来られるかね？手術の合間に話そう」

「了解」


タクシーをとばして一〇分。〈新宿〉の生命《いのち》の砦《とりで》ともいうべき建物の前に立つと、せつらは、〈旧区役所通り〉沿《ぞ》いに立つ電柱へ眼をやった。すぐに院内へ入った。

受付の娘が、第一応接室と告げた。

「院長がお待ちかねですわ」

待つほどもなくメフィストが現われた。昼の陽《ひ》ざしの中でもかがやく月輪《げつりん》のごとき美貌《びぼう》は、いかなる大手術の後でも疲れの影を一片《いっぺん》だに留《とど》めていない。

そこへ、河童《かっぱ》みたいに頭頂部だけ抜けた長髪の男が入って来て、少し離れた席で、煙草《たばこ》を喫《す》いはじめた。患者の家族であろう。髪の毛の割に品のいいスーツとネクタイが良く似合う。

早速《さっそく》、外谷の話になった。

「おまえも不意討ちか？」

とせつら。

「そのとおり」

「なら、なぜ逃げた」

「手術だ」

これで言い抜けるつもりだな、とせつらは納得した。

「抗議に行ったが、あいつは居留守《いるす》を使っている。後は裁判だ。おまえは自分の判断で受けたのか？」

「左様《さよう》」

「なんで？」

「それなりの条件が提示された」

「条件てのは？」

「〈四谷《よつや》〉にここより広い分院用の土地を確保するそうだ」

「それはそれは」

「君にも提示されたはずだが」

「月に五万とちょい」

メフィストは沈黙した。

「協力するつもり？」

とせつら。

「そうなるかな」

「物で釣《つ》られるメフィスト院長」

「嫌がらせはよしたまえ」

「外谷が立候補した理由を知っている？」

「君はどうだ？」

「社会正義実現の木鐸《ぼくたく》だとか」

せつらは反応を窺《うかが》ったが、メフィストは何も言わなかった。

少しして、

「狙われたそうだね？」

心配している様子はない。

「ああ」

「相手はわかったのか？」

「死霊《しりょう》を操《あやつ》る連中だ。ただし、これも理由がわからない」

「あの女が自分の名前を一般の眼にさらした途端にこれだ。〈区長〉にでもなったら、〈新宿〉は狂気の巷《ちまた》となる」

「その点は満場一致。止める気は？」

「ない。君は？」

「勝手にすればいい。けど、他の奴がちょっかいをかけてくるのなら」

メフィストはせつらを見つめた。彼だけは、美しい人捜し屋の真の怖さを知っている。

「ハム好き？」

とせつら。

「人並みには」

「人――並みねえ」

メフィストはまた少し沈黙に陥《おちい》ったが、

「虹垣竜斎《にじがきりゅうさい》を知っているか？」

「いや」

「一般には知られていないが、幻術を使わせると、〈新宿〉でも屈指《くっし》といわれているひとりだ。山岳宗教をベースにした技だそうだが」

「それが？」

「〈区長〉選は、二人きりではない」

「ははあん」

ちっとも、ははあんではない口調であった。

「そうか。他の候補だ」

「外谷なら努力して勝つより、蹴落《けお》として勝つ方を選ぶだろう」

「ごもっとも」

「君は外谷陣営のひとりとして名前が挙がっている。しかも参謀格だ。外谷と同じタイプから狙われても仕方があるまい」

「またね」

せつらが立ち上がった。

応接室のドアが音をたてて閉まった。

「おやおや」

せつらは皮肉るようにメフィストを見た。

「おまえのお城に、敵の仕掛けがあるとはね」

「なかなかやるな。ひょっとしたら、私も狙われているか」

「当たり前」

それきり、立ちもせず慌《あわ》てたふうもなしで、せつらは近づいて来る敵を迎えた。

ドアの外に気配が湧《わ》いた。

開いていく。

せつらが、春風でも待つように、うすく笑った。

2

ドアの向こうに廊下はなかった。灰色をしたものが埋めていた。

それがドアより大きくなり、戸口からはみ出したとき、せつらはようやく、人間の腹部だと気がついた。

臍《へそ》もある。

腹――というのは正確ではなかった。直径三メートル近い肉の球《たま》である。その下に象のように太い足が、上部に顔が見えた。

「あーあ」

とせつらがごちた。

肉球の上に、ぶよついたものが二つ乗っている。乳房に違いない。その向こうに外谷の顔があった。

「幻術だ」

とメフィストの声が言った。

「針ある?」

「メスならば」

「面白そ」

太ったものがあれば、中身を見たくなるのが人間の心理だ。勿論《もちろん》、眼の前の外谷が幻なのは承知しているからこそ開けてみようと思うのだが、問題といえば問題である。

重心が前にのめりすぎているせいか、外谷は一歩ずつ踏んばりながら近づいて来た。眼は途方もなく恐ろしいものを見てしまったかのように虚《うつ》ろであった。

光が閃《ひらめ》いた。一瞬——夢だったのかもしれない。だが、外谷の腹は十文字に裂《さ》けた。

そこからは何も現われなかった。

ぺろりと皮が——肉がめくれた。

腹と同じサイズの黒い穴と、困ったような外谷の顔が見えた。

ごお。風の唸《うな》りであった。

凄《すさ》まじい勢いで周囲のものが穴の方へとんでいった。書架の本が、灰皿が、テーブルが、椅子《いす》が。サイズを超えたものは表面で止まり、それから二つになるなり、引っかかった部分が砕《くだ》けるなりして、腹の中の暗黒へと吸い込まれていく。万物を呑《の》み込む外谷さん。しかし、〈新宿〉の住人で、驚嘆《きょうたん》する者はいまい。

白い影が流れた。

「メフィスト」

だが、吸い込まれる寸前、光るものが黒い穴に吸い込まれた。メスだ。

暗黒に呑み込まれる寸前、外谷は激しく痙攣《けいれん》し、頭から腹の穴へとび込み、くるりと廻《まわ》るや、たちまち見えなくなった。

メフィストが床に降りた。動くものは無となった応接室で、せつらが立ち上がった。

「糸かな？」

メフィストが渋く問い質《ただ》し、せつらは、

「勿論」

メフィストは宙を仰《あお》いだだけで何も言わなくなった。

せつらを救ったのは、〈病院〉へ入る前に、玄関近くの電柱に結んでおいた妖糸《ようし》であった。

あれがなかったら、十中八九《じっちゅうはっく》、どこか別の空間へ幽閉されていただろう。

危険な場所とせつらが判断した場合、必ず行なう処置であった。「持って行かれる」のを防ぐためである。いわば一〇〇〇分の一ミクロンの「生命綱《いのちづな》」だ。

「よかった、よかった」

別の声とともに、ひとりでいた男がこちらへやって来た。よく生き延びたものだ、とせつらは感心した。

「無事かね？」

「よかった。追いかけて来た甲斐《かい》があったね」

は？　となるせつらへ、

「〈靖国通り〉との交差点のところで見かけてね。気になるから後を尾《つ》けて来たんだ。おっと、トラブルはまだ済んでいないよ」

彼はドアの方を見ていた。

その間に白い医師の背中がある。

「地下へ行こう」

とメフィストは言った。

「ここは危険だ。場所を替えたほうがいい」

これにはせつらも異論はない。

「いいよ」

と応じて歩き出そうとした。

「動くな」

と男が言った。眼はメスに向けられていた。

「元凶はこいつだ。下がりたまえ」

ふわり、とせつらの身体《からだ》が浮き上がって、三メートルも後ろに着地した。

「やっぱり」

と洩らしたのが、他の二人に聞こえたかどうか。

男は右手の平をメフィストへ向け、

「霊体にしては手が込んでいる。誰の仕業《しわざ》だ？」

と訊いた。内容とは裏腹な温厚な声だ。生まれつき品がいい——育ちの問題といえた。

「地下へ行こう」

とメフィストは繰り返した。

「くたばれヤンキース」

とせつらが返した。

「では、私は去る。また会おう」

だが、一歩を踏み出したところで、見えない力がその身体を封じた。

「おまえの相手は私のようだ」

男の指が拳《こぶし》を作った。

引いた。

メフィストはふり向いた。

顔の造作《ぞうさく》すべてが悪鬼のそれに化けていた。

せつらがあれれと言った。

偽メフィストの口が開いた。

男が拳を引いてストレートを放った。

口の中に何かがとび込んだ。

次の瞬間、メフィストの身体は、自らの口腔《こうこう》内に呑み込まれた。

「よく出来た霊体――エクトプラズム人だ。あれ程《ほど》のを作れるのは、真郷長臨《まごうちょうりん》ただひとり」

「誰？」

せつらの問いに、男はにこりと笑って、

「プロの人形づくりです。敵に廻すと厄介《やっかい》な男ですよ。しかし、これで、あなたには貸しが出来ました。返してもらいますよ」

品のいい笑顔であった。

「その真郷長臨って、虹垣竜斎と違う？」

「違いますな。実力は五分《ごぶ》と五分《ごぶ》――真郷のほうが少し上かもしれません」

「どっちも凄《すご》い」

せつらは、しみじみと言った。

メフィストをよく知るせつらをおびき出したばかりか、〈病院〉そのものを小道具にして使い、ぎりぎりまで気づかれなかったのだ。

しかし、男はまた笑った。

「見たところ、あなたは、最初から敵の正体に気づいていらしたようだ。違いますか？」

「ははは」

電話の声が違った。顔立ちが違った。歩き方も声も違った。こう言っても、今と同じ経験をした人間には、嘘をつけと罵《ののし》られるだろう。だが、せつらの眼をごまかすというより、メフィストに化けるのがそも不可能なのだ。この地上に、ドクター・メフィストは本物しか存在しないのだ。

「貸しと言ったが、忘れてください」

と男は少し考えて言った。

「承知で騙《だま》されていたのは、あの偽院長から何かを訊き出すためだったのでしょう。余計なことをしてしまいました。いや、失礼。ご縁があったら、またお目にかかりましょう。秋せつらさん」

「あー」

「存じてますとも。知らなくてもその美貌だ。一目でわかりました」

「あなたは？」

「真郷長臨」

「あれ――」

「それではこれで。じきに会えそうですな」

男が出て行くと、折り返しに〈病院〉のスタッフが入って来た。

「院長は何処？」

と訊いたら、

「存じません」

であった。

ちょうどニュースの時間なので、そのまま応接室に居すわることにした。

空中に浮かんだ分子スクリーンに、お昼のニュースの時間ですと宣言するなり、

「来期の〈区長〉選の候補者を申し上げます」

虹垣竜斎の名前は四人目に出た。

〈矢来町〉出身　四六歳　占い師

あまり気を惹《ひ》かれなかった。うすうす勘《かん》づいていた。虹垣の前――三人目の候補者の名前であった。

真郷長臨〈新大久保《しんおおくぼ》〉出身　五〇歳　人形制作師

目下《もっか》は四人だけ。

「共食い大賛成」

悪態をついて〈病院〉を後にした。次に行くべき場所はひとつしかなかった。

〈矢来町〉は比較的〈魔震《デビル・クエイク》〉による破壊と死が小規模で済んだ土地であった。そのせいか、スラムが多い。

虹垣竜斎の住所は、インターネットですぐに知れた。

四年前にマンション用の造成地を二棟分買い取って、「虹垣占いセンター」を開設したとある。

占星術を中心に幅広く活動し、定期的にアトラクションも開催、グッズ販売も兼ねて年商は一〇億を超すという。新人育成用の道場も併設。一種の新興宗教団体と陰口を叩く者もある。

堂々たるセンター本部の偉容《いよう》は周囲を圧していた。

受付で面会を申し込むと、ケンもほろろに、約束のない方とは会いません、と来た。

「そこを何とか」

せつらは、受付をじっと見つめればよかった。

魔法にかかった受付嬢は、今は道場にいると告げた。

「急いでおいでください、後の方は私がうまくごまかしておきます。さあ、急いで」

道場といっても、〈区〉の体育館くらいはある。二階が講習用で、その実践《じっせん》を一階で行なうと、受付嬢は教えてくれた。

出入口のそばには、紫の制服らしきものを身につけた若いのが二人いて、

「何の用でしょう？」

丁寧《ていねい》に訊いて来た。

「虹垣先生と約束」

「確認します、お待ちください」

ひとりがインターフォンのスイッチを入れる前に、せつらは微笑を浮かべて見せた。

立ち尽くす二人を残して入った。

嗅《か》ぎ慣れた臭いが鼻を衝《つ》いた。

硫黄《いおう》である。

床は靴のまま入れるコンクリート製だ。

スチール・ドアの向こうに、五〇人ほどの若者が直立不動の姿勢を取っていた。両手を腰の後ろで組んだ姿は確かに新興宗教——その親衛隊を思わせた。

どの顔も眼も、一途《いちず》を通り越した狂的なものを帯《お》びていた。

その前に三体のマネキンが横たわっているのを見て、せつらは足を止めた。

弟子のひとりが、その頭の後ろに立って両眼を閉じている。顔を伝わる汗が顎《あご》からしたたって、床に小さなしぶきを上げていた。

不意に若者は膝《ひざ》を崩して、前のめりに倒れた。誰も支えようとせず、勢いよく床にぶつかった。

「不様《ぶざま》な。それでも青年部長か」

怒号を隠そうともしないのは、小柄だがひどくがっちりした体軀《たいく》の主であった。ニュースの写真で見た。虹垣に間違いない。

「さっさと片づけろ。これからわしが、復活の行《ぎょう》を見せてやる」

生徒たちの間を感動と興奮の波が伝わった。

3

「無に生命を与える——それは歴代の天才たちが夢見た究極の目標である」

虹垣は声を張り上げた。

「過去の拙《つたな》い技術では、到底《とうてい》無理だったそれが、現在《いま》なら可能なのだ。このマネキンに生命を吹き込むと、いかなる驚異が起こり得るか、眼から左脳と次脳に記憶させておけ」

次脳とは、最近の隠秘学《オカルト》における発見のひとつで、大脳の何処かに潜《ひそ》む第二の脳を意味する。この脳は通常の脳が司《つかさど》る五感の支配に対し、第六感その他超次元の感覚を担当するもので、人間が超人類へと進化すべき時期に芽生《めば》えるとされる。だが、具体的にどのような機能を持ち、どのような形でそれが現われるかは、意見の一致を見ない。そのためか、次脳の開発を促進させる機械やエクササイズ等を売り込んで、多額の金品を詐取《さしゅ》する事件が後を絶たない。

少なくとも、せつらが眼にしている竜斎は、それらと一線を画《かく》す存在らしかった。

両手を向けられた三体のマネキンは、ふらりと起き上がったのである。

男が一体、女性が二体、衣裳《いしょう》はつけていない。

拍手が上がった。虹垣は喚いた。

「かくのごとく、生なき物体にも生命を与えられる——これこそ次脳の極《きわ》まるところよ。そして、見よ、新しき生命の持つ力を。断わりもなく我らが修行場へ入って来た痴《し》れ者に、いま目にもの見せてくれる」

怒りの顔が、一回転するんじゃないかと思われる速さでせつらを向いた。

形相《ぎょうそう》が弛緩《しかん》した。

「しかし——これは……おまえは——」

「秋」

名乗ってから、せつらは滑るように進んだ。コンクリートの床に、靴はかすれ音も立てなかった。

虹垣の望みは闘争であった。ここは彼の領土内である。だが、たったひとりの敵が、闘いのセオリーを難なく崩壊させつつあった。

兵士たちの表情から戦意が急速に失われた。いや、あらゆる感情が喪失してしまったのだ。犯人はせつらの美貌である。それを美しい、と閃《ひらめ》いたのも一瞬のことで、今の彼らは意志を持たぬ木偶《でく》人形と化していた。

それは虹垣も同じであったが、彼はかろうじて耐えた。代償は暗黒であった。両眼を固く閉じたのである。

「確か〈区長〉選の敵――外谷でぶ子の推薦人だったな？　何の用だ？　只《ただ》では帰れぬぞ」

声に凄みが残っているのがさすがだ。

「外谷良子」

とせつらは訂正し、

「僕を狙わなかった？」

と続けた。

虹垣は大笑した。

「これでも〈区長〉選に出馬する身だぞ。真っ先に疑われるような愚《おろ》かな真似《まね》をするものか。少なくとも選挙期間中は、な」

「まだ期間外」

街頭演説等の選挙活動が繰り広げられるまで、あと二日であった。だからと言って、危ない橋を渡る羽目になるのは、虹垣の理屈どおりだ。

「機械戦闘員に襲われた。パイロットは死霊だ。あんただろ？」

およそ脈絡《みゃくらく》のない言い草であったが、虹垣は理解した。

「言いがかりをつけて殴《なぐ》り込みか。わしはこれでも合理主義者でな。あのような鉄の塊《かたまり》を動かす無駄《むだ》はせん。まずは、この程度からだ」

彼はせつらを指さし、

「捕らえろ」

と命じた。

マネキンにである。

三体は動き出した。曲がらぬはずの関節は曲がった。ひどくギクシャクと、そのくせ、人間以上に滑《なめ》らかな動きに見えた。

男が手刀を打ち込んで来た。凄まじい速さであった。

その手は撥《は》ね返った。

左右から女たちが抱きついて来た。

二体は抱き合う形で止まり、脱《ぬ》け出したせつらへ、男が蹴りを放った。その身体が大きく崩れ、蹴りは女たちの頭部に炸裂《さくれつ》した。

ひしゃげた頭部が大きく跳《と》んで、列の間に落ちても、弟子たちは陶然《とうぜん》とせつらを見つめていた。

せつらが虹垣を指さした。

三体は、向きを変え、前よりも硬い動きで主人に肉薄した。

「莫迦《ばか》者！」

虹垣の一喝《いっかつ》が走った。

本物の死がマネキンを包んだ。停止した先は、何処か寂《さび》しげであった。

その間にせつらは虹垣の前に立った。

愕然《がくぜん》とする顔へ、

「よしましょう」

とサングラスを取った。

虹垣の世界は、白い美貌のみになった。

「僕を狙った？」

「知らん」

虚ろな声である。意識など存在しないのに、答えは正しかった。


「心当たりは？」

「ない」

「ちょっぴりでもいいけど」

「ない」

「あなたと同じ術を使えるのは？」

「――真郷長臨だ」

「あっちのほうが上？」

「――愚者《ぐしゃ》め」

ぼんやりと吐き捨てた。せつらのことである。

「あのような西洋かぶれのエセ術師が、わしに勝《まさ》る？　外谷と一〇〇回も寝てから出直してくるがいい。この虹垣竜斎の術は、この国の始まりより存在した山岳宗教を母胎《ぼたい》に、修験道《しゅげんどう》の苛烈な術を加味して成ったものだ。それでも術の体系は何処か相似する。同じ目的を追求し、同じ結果を招く技があっても仕方はないが、他の面では、真郷などわしの足元にも及びはせぬ」

せつらの美の虜《とりこ》になって、これだけ傲岸《ごうがん》な内容を口にできるのだから、大したものである。

せつらも、へえという表情になって、

「もうひとり当たってみるか」

と言った。

「それじゃ」

踵《きびす》を返して、やって来た方向へ歩き出したとき、

「待て」

と声がかかった。先刻、マネキンに生命を吹き込もうとして失敗した青年部長であった。引っくり返っていたせいで、せつらの魔術を逃れたのだ。

「虹垣流の恥になる男――このままでは帰さない。用意はいいな？」

おお、と合唱が湧き上がった。

「覚醒のツボを突いて起こした。みな眼を閉じている。色仕掛けは効かない」

「それはそれは」

光が翳《かげ》った。

巨大な影がせつらを捉《とら》えた。


「――――？」

彼は冷たい床を抱いていた。凄まじい重量が全身にかかったのだ。

せつらは見ることが叶《かな》わなかったが、背後に奇態な形が形成されていた。

手も足も胴体も頭も、生徒たち全員で手を組み、足を絡《から》め、頭を並べて作り上げた人――巨人像であった。せつらを覆《おお》い、せつらを潰《つぶ》しにかかったのは、しかし、その本体ではなかった。その影だ。影は刻々とその重量を増していった。背骨がきしんだ。

「やれやれ」

低く洩らすと、せつらはさらに小さな声で、ある名前を呼んだ。

「やめい！」

虹垣の絶叫が迸《ほとばし》ったのは、その直後であった。

怒りの凄まじさに、弟子たちは硬直し、つながりは断たれた。

ひとりが悲鳴とともに床へ落ちた瞬間、巨体は崩壊した。

床に激突する音と悲鳴を尻目に、せつらは立ち上がった。

腰を押さえて伸びをし、救世主をふり返った。

虹垣は茫然《ぼうぜん》と立っている。

「なぜ――女房の名を知っている？」

「一年くらい前、弟を捜してくれと依頼を受けた。捜し当てたら喜んで、一生に一度だけ、助けてくれると言った。あなたにも伝えてあったらしいね。〈新宿〉で五本指に入る妖術使いの奥さんてのは凄いなあ」

「………」

礼を言って、せつらは道場を出た。

〈三栄町《さんえいちょう》〉のバー「ドワイト」は、もう開いていた。

真郷長臨の行きつけだとは、彼の人形製作工房「ドール・デン」に連絡して、弟子から聞いたものである。最初は口を割らなかったものを、五秒とかけずに自白させたのは、せつらの声と口調であった。

だが――

店内にちらほら客の姿は見えたが、真郷はいなかった。

カウンターに行って、内側のマスターらしい男に訊くと、

「あんたと入れ違いに出てったよ。ほら、そこにいたんだ」

せつらの眼の前のスツールへ顎をしゃくった。

カウンターには空《から》のハイボール・グラスと灰皿、潰した「ラッキー・ストライク」が載《の》っていた。まだ青い煙を糸のように吐いている。今の今までそこにいたのは確かだった。

「帰ったのかな？」

「いや、今日のこの時間なら梯子《はしご》だろう。うちの次

はバス停近くの『マナース』だ。ただし、会えるかどうか」

おかしなつぶやきの代わりに、道順を詳《くわ》しく教えてくれた。

「マナース」へ行くと、

「今の今までそこの席にいたぜ。あんたが来るちょっと前に出てったよ」

とテーブル席を示された。

同じグラスと同じ「ラッキー・ストライク」。そして、同じ煙。

「次の店？『ベラ』さ」

そこのマスターは、奥の席を見て、

「今の今まで――」

青い煙を後に、せつらは身を翻した。

次の「スローン」でも、「ヘレン」でも結果は同じだった。真郷はせつらと遭遇《そうぐう》する寸前に店を出てしまうのだ。どのマスターに訊《たず》ねても、それは意図的なものではなく、極《きわ》めて自然な行動だと口を揃《そろ》えた。

「このままだと一生会えないな」

最後の店――〈歌舞伎町〉の「ウォン＝ホウ」へ向かうバスの中で、せつらは一計を案じた。「ウォン＝ホウ」なら以前、一度だけ訪れたことがある。

眼を閉じた。

「ウォン＝ホウ」の店構えを記憶から抽出《ちゅうしゅつ》し、せつらが知悉《ちしつ》している場所を探す。〈新宿駅東口〉に決めた。この二点間の道を記憶を頼りに結んでいく。これも簡単にできた。後は、〈――東口〉から、このバスまでだ。ＯＫ。記憶上の道を妖糸が走った。

「ウォン＝ホウ」のドアを開けると、刺々《とげとげ》しい雰囲気が迎えた。

かなり広い店である。

カウンターの向こうから、毒のある眼差《まなざ》しを送ってくるマスターに、真郷さんは？　と訊いた。

「あんたか、危《やば》い仕掛けをしたのは？」

「は？」

「眼に見えねえ刃物さ。ふくらはぎをすっぱりやられて、治療が大変だった」

　すると、真郷は妖糸の正体を見破った上、せつらの追跡も先刻承知だったに違いない。でなければ、マスターが、あんたかと当たりをつけたりはすまい。

　カウンターの奥のスツール――その下の床がびしょ濡《ぬ》れだ。血を拭《ふ》き取ったのであろう。

「で――何処に？」

「知らねえな。とっとと出て行きな。ここにいるのは、みんなあの人のファンだ。早いとこ消えちまわねえと危いぜ」

「で、何処に？」

「この野郎」

　客のひとり――チンピラふうなのが、いきなり拳《けん》銃《じゅう》を向けた。

　それは天井を射《う》ち抜いた。見えない力が、片手で万歳を強制したのである。

　チンピラはそれでも引金を引いた。弾丸はカウンターの主人の周囲の酒瓶《さかびん》を粉砕《ふんさい》し、高級酒安酒ともに床へぶちまけた。

「やめてくれ！　真郷さんは奥のドアの向こうだ。『体験ビデオ部屋』になってる！」

　悲鳴に近いマスターの声に応じて、せつらは移動しはじめた。チンピラは自分で眼の前に突きつけた銃口を睨《にら》みつけたまま動かない。発狂寸前の顔であった。

　せつらは溜息《ためいき》をついて、奥のドアを開けた。どんな形にせよ、厄介な〝選挙戦〟になるのは、間違いなさそうであった。

第三章　えっ、平和都市宣言⁉

1

　ドアを閉め、せつらは薄暗い室内を見廻《みまわ》しもせず、長椅子《ながいす》やデッキ・チェアに横たわる人々のひとりに近寄った。

〈メフィスト病院〉の応接室で会った顔が、ぼんやりとこちらを見上げ、

「こら、いい男が来たなあ」

と呻《うめ》いた。

骨の髄《ずい》からとろけたような声で、

「——俺に用かい？」

「しまった」

とせつらは、あまりしまったふうでもなくつぶやいた。最初の真郷長臨のひとことでわかっていた。ここにいる客たちのチェックは顔止まりだったのだ。

　男は額《ひたい》に手を当て、顎《あご》まで撫《な》で下ろした。別人の、ずっと若い顔が現われた。〝もどきマスク〟だったのだ。

「礼を貰《もら》って『これ被《かぶ》ってろ。捜《さが》しに来る者がいる。そしたら脱《ぬ》げば済む』と言われたんだ」

「いつ？」

「あんたいま来たのかい？」

「そう」

　男はぼんやりと考え、

「二、三分前かな。そっちの出口から出てったよ」

　せつらが糸を放つ寸前だ。やはり間に合わなかった。敵は術を駆使していたに違いない。

「どーも」

　せつらは素早く戸口を脱《ぬ》けた。

　裏通りに出た。

「ヤロー」

　珍しく、品悪く罵《ののし》って、「ウォン＝ホウ」の店内へ戻った。真っすぐ戸口へ向かう背中へ、

「残念だったな、色男」

マスターの声である。

「あの人がその気になったら、一生出くわせねえよ。しかし、わからねえ。こんな色男を振り続けるとはな。ひょっとしたら、真郷さん、ブス好みか？」

その晩、せつらは、

「人捜し屋が、だらしがない」

と唱《とな》えて休んだ。自省《じせい》の言葉かもしれないが、少しもそうは聞こえなかった。


電話のベルで起こされた。午前七時前である。

「はい」

「おはよ、ぶう」

「寝る」

「起きろ」

と外谷良子は喚《わめ》いた。

「早起きは三〇円の得なのだ」

昔は三文《さんもん》だった。

黙《だま》って切ろうとする受話器から、

「正午に〈区長〉選の作戦を練る。来い。場所は〈歌舞伎町〉二丁目のレンタル・ルーム『ノーサンキュー』だ」

「欠席」

「そうはいかん。連れに行く。サボったら怖《こわ》いぞ、ぶう」

「この電話のほうが怖い」

「むう」

切ろうとして、せつらは思い直した。

「メフィストは？」

「来るとも、ぶう」

「じゃね」

もう一度、布団《ふとん》に潜《もぐ》り込んで、せつらはメフィストのことも忘れてしまった。嘘《うそ》っぱちだと思ったのだ。

昼過ぎに朝昼兼用の食事を摂《と》るため、近所のファミレスへ入った。サングラス着用は近所付き合いの基本だ。

〈区外〉からの緊急の依頼が、二件あった。

世界的な大企業の社長令嬢（二二歳）が、社員（二六歳）との結婚を反対されて、〈新宿〉へ駆け落ちした件と、青森《あおもり》の旧家の長男が家出した件である。

どちらも手強《てごわ》く、いまだに居所《いどころ》がつかめない。死亡の可能性もあった。

前者は二カ月前、後者は四三日前に〈新宿〉へ入ったと判明している。

例によって、注文を取りに来たウェイトレスと周《まわ》りの客が——サングラスにもかかわらず——夢見心地《ゆめみごこち》になっただけで、ナポリタンとハムサラダと野菜ジュースが無事に届いた。

店中の眼が、パスタを吸い込む唇に——と思ったら大間違いで、ウェイトレスがうっとりと見つめているのは、パスタのほうであった。

パスタになりたい、と誰かが洩《も》らした。笑い出す者などおらず、ひとり残らずうなずいたから恐ろしい。

そういう次第《しだい》で、店を覗《のぞ》くその男に気がついたのは、せつらだけであった。

ほんの一瞬、そちらを向いた眼が合った。

男は被ったソフトをやや傾けて、ドアを押した。

黒いサングラスは、あちらの関係者ではなく、〃せつら病〃の予防だ。

真っすぐせつらの席へ来ると、

「と、外谷さんのと、ところへご、ご同行願います」

低い高いより、舌足らずな声で言った。人間より類人猿《るいじんえん》に近い。身体つきもそうだ。

「あなたは？」

「外谷さんの選挙対策委員長兼秘書の古賀雄市《こがゆういち》——

と申します」

「はあ」

「外谷さんからお話は伺《うかが》っていると存じますが、本日は記念すべき第一回の対策会議でございまして、ゲン担《かつ》ぎとしても、全員参加が望ましい、特にドクター・メフィストと秋せつらさんは欠かしてはならんとの仰《おお》せです」

「僕はあので――外谷さんの推薦人になった覚えはありません。あれは妄想《もうそう》です。モーソー」

と、せつら。

「しかし」

古賀は類人猿――はっきり言えばゴリラ――そっくりな顔を歪《ゆが》めた。スーツにネクタイ。身なりは何処《どこ》へ出してもおかしくないが、顔が面白い上に、身長はせつらの胸までしかなく、全体がズングリしている。〈新宿〉ならずとも、獣と人間の間に出来た哀《あわ》れな子、と言われれば、誰もが納得する中年男であった。


「外谷さんは、あなたとドクター・メフィストに多大な期待を寄せてらっしゃいます。この〈区長〉選にはどうしても勝ちたい。それには何がなくともあなた方お二人をと、神棚をこしらえて、朝晩、拝んでおられます。写真も飾って、はい」

「それでこの頃、偏頭痛《へんずつう》か」

「は?」

「とにかくお断わり」

せつらはにべもなく言った。パスタもハムサラダも半分以上残っているし、ジュースに至っては手もつけていない。

「困りましたなあ、困りましたなあ」

古賀はオロオロとせつらの周りを廻りはじめた。足より手のほうが長いようだ。

「何とか枉《ま》げてご出席いただけませんか? 〈区役所〉の選管にも、もう登録済みだし」

「それは陰謀」

「は?」

「何考えてるんだか」

せつらはジュースのストローを咥《くわ》えた。

あーんという声が店中から上がった。観察は続けられていたらしい。

「いや、これは驚きました」

古賀は店の奥をさして、

「四人のグループが全員失神しましたよ。ありゃOLだな。こっちの三人は主婦の集まりです。あらあ、パフェのど真ん中に顔突っ込んじゃって。失神の仕方にも一考を要しますな」

せつらはストローを放して、さよならと言った。

古賀の顔が決意にこわばった。

「やむを得ません。同道願います」

上衣《うわぎ》のポケットから取り出したのは、小さな安物のリボルバーであった。

「〈区長〉候補の秘書が、推薦人を脅迫する」

「やむを得ません。仕事でして」

これしきのこと、妖糸《ようし》の一本で形勢逆転が可能だが、せつらは何もしなかった。

ジュースを指さして、

「残ってるけど」

「失礼しました。ゆっくり召《め》し上がってください。ですが、狙《ねら》っておりますよ」

拳銃《けんじゅう》はポケットに戻された。

およそ胃に悪そうな食事であった。

せつらが席を立つとき、

「申し訳ありませんが、自腹で願います」

と古賀はささやいた。

せつらが支払いを済ませてふり向くと、古賀の姿はなかった。

「あれ？」

先に外へ出て、少し待っても来ない。
五、六歩進んだところへ、よろめくように追って来た。どう見ても両腕が先に地を蹴《け》っている。
怯《おび》えた表情で店の方をふり返り、

「いやあ、えらい目に遇《あ》いましたよ」

と頬《ほお》を撫でた。紅《あか》い筋《すじ》が走っている。左眼は黒い隈《くま》で囲まれていた。痣《あざ》だ。

「私があなたに拳銃を突きつけたのを見ていたらしく、女子トイレへ連れ込まれたんです。いやあ、今の女性は強い。パンチとハイヒールで殴《なぐ》られ、パンストとスカーフで首を絞《し》められましたよ。とどめはこれです」

と頬の傷を示して、

「護身用のナイフですっぱり。拳銃も見せられましたが、さすがに使いませんでした。あたしたちの天使にピストルを突きつけるなんて、死んでも許さない、今度やったら殺してやる、なんてね。いや、あれは本気ですな。熱狂的なファンをお持ちですねえ。外谷さんがご執心《しゅうしん》のはずだ」

「懲《こ》りた？」

「とんでもない。ますますファイトが湧《わ》いて来ましたですよ。今の私は虎です。外谷さんのためなら生命《いのち》も捨てる覚悟です」

せつらは何も言わなかった。

「さあ、参りましょう！」

古賀は片手を天へと突き上げた。

その遥《はる》かな高みを小さな機体が旋回中であった。底部に装着されたビデオ・カメラは、〈歌舞伎町〉のとあるビルの一室に、美しい人捜し屋の像を送り届けていた。

「邪魔だな、これ」

「確かに。悪い芽は早く摘《つ》み取るべきでしょう」

「しかし、これだけ美しい芽ともなると――勿体《もったい》ない気もするな」

「そうやって、彼は生き延びてきました。人間の美意識は、今の我々にとって邪魔でしかありません」

「そのとおりだ。処分しろ」

決然と放ったつもりだが、どこかに否定的な部分を含んでいた。

頭上でささやかな急降下と急上昇が営《いとな》まれ、黄金の針がキラキラと降り注いで来るのを、せつらは感知していた。

「走る」

「は？」

訳もわからずダッシュをかけた古賀の周囲に、小さな火の玉が次々に生じた。コンクリ塀《べい》は溶け、アスファルトは蒸発した。

「ひええ。こりゃ何です？」

「針爆弾《ピン・ボム》だ」

せつらは大通りに出て、右方を指さした。小さな公園がある。

「対テロ避難壕《ごう》」

木立ちの間にドーム状の壕が見えた。

見えない糸が、プラスチックで覆われたボタンを押した。ドームは左右に開いた。せつらがとび込み、再度押したスイッチのせいで、半《なか》ば閉じかかった出入口から、古賀もかろうじてダイブを敢行《かんこう》した。二メートルほど下に広がる一〇〇人収容の避難所は、易々《やすやす》と二人を受け容《い》れた。

ドームが閉じた途端、炎の一部がとび込んで来たが、すぐに消滅した。

「誰でえ、うるせえな」

奥の方で声がした。

「だ、誰だ？」

古賀がせつらを庇《かば》って立った。

四人いた。中年の男女と老人と小学校高学年くらいの男の子だ。顔立ちから見て家族に違いない。

絨毯《じゅうたん》の上に長椅子やアーム・チェアを置き、奥に食卓や食器棚、ＴＶ等が並んでいる。昼飯《ひるめし》が終わったばかりらしく、辺《あた》りに魚を焼いた匂いが立ち込め、女が後片づけをしていた。

〈新宿〉名物の〈ヤドカリ〉である。ホームレスが、あらゆる公共スペースを利用して住居にしつらえ、そこから子供を学校に通わせたりもする。当局

からクレームがついたら、持てる品だけ持って退去するから、テーブルや椅子は、屑《くず》処理場から盗んで来るか、安く買い叩《たた》いたものばかりで、奥の家具も、どれもちぐはぐだ。

「俺たちは出て行かねえぞ」

父親が喚いた。せつらたちを〈区〉の係員とでも勘《かん》違いしたらしい。

「公園の担当には大枚《たいまい》を渡してあるんだ。出てけってんなら、みんなバラしてやる」

「そんなつもりはありません。空爆を受けて避難しに来たのです」

と古賀が弁解した。

「突然？　とうとう中東とおっ始《ぱじ》めたのか⁉」

白髪白髯《はくはつはくぜん》の爺《じい》さんがソファから跳《は》ね起きた。

「TVの映りが悪いし、わしも倅《せがれ》も新聞の字がよく見えんのでわからなかった。そうか、第三次世界大戦か。ついに、アメリカ相手に始めたか」

せつらの眉《まゆ》が寄った。

「気にしないでくれ」

と中年男が、とりなすように言った。

「親父《おやじ》は昭和生まれなんだ」

「気にしないでください」

古賀が胸を叩いた。ゴリラのドラミングとしか思えない。

「空爆はじき終わります。我々も出て行きますよ」

「奥に脱け道があるわよ」

と女が虚《うつ》ろな声で言った。せつらを見てしまったのだ。

「その前に——失礼します」

古賀はのそのそと、とび込んだハッチの方へ近づいた。鉄梯子《てつばしご》がついている。上の方に潜望鏡みたいな円筒——監視鏡だ。

2

公園はあちこちの窪《くぼ》みから炎が噴《ふ》き出してはいた

が、惨状とは言えなかった。空爆の爆弾《たま》が切れたらしい。

左手奥に人垣が作られ、撃墜《げきつい》という単語が流れて来た。

せつらは妖糸をとばした。

人垣の中心に、ドローンらしい機体が散らばっていた。

「俺、見たんだ。空中で二機が戦って、あっという間に一機が火い噴いて落ちて来た」

「もう一機はどうした?」

「こいつを撃ち落としたら、飛んでっちまったよ。翼がやけに長い、あれもドローンだろ」

そこへ警官が駆けつけ、せつらも公園を後にした。

〈歌舞伎町〉のレンタル・ルームには誰もいなかった。長いテーブルと椅子が並んでいるきりだが、それなりの設備が備《そな》わっているに違いない。


古賀が出て行き、椅子に掛けて待つうちに、急に照明が消えた。闇が世界を包む。窓にはカーテンが下りていた。

机の一方の端の壁に、むよっと女の影が映し出された。太っている——というよりでぶだ。

せつらがうんざりしていると、

「ふふふ。私が誰だかわかるか?」

と来た。

声もまんまだった。

せつらは、わざと首を傾《かし》げた。影と声はますます調子に乗った。

「ふふふ、わかるまい。ではヒントを与えてやろう。〈新宿〉一の物知りは誰だ?」

「はて」

「ふっふっふう。では、見てくれとバレリーナのような美しい動きの差が〈新宿〉一大きいのは誰だ?」

「はて」

「ふーっふっふっふぅ。〈新宿〉一の大食いだと言われながら、実はそれほどでもないのは誰だ？」

それほどってどれほどだよ、とせつらは思ったかもしれない。

「はて」

「ふうっふっふっふぅぅ。〈新宿〉一どケチと思われているが、実はホームレスと見れば、一〇〇円玉を恵《めぐ》んで功徳《くどく》を施《ほどこ》しているのは誰だ？」

「はて」

「ふーっふっふっふっふっふぅ。わからんか？　社会的な情報しか扱っていないと思われがちだが、実は御近所の痴話喧嘩《ちわげんか》や噂《うわさ》話に〈新宿〉一詳《くわ》しいのは誰だ？」

「はて」

「ふーっふっふっふっふっふ。さっき、別のドローンでおまえを救ったのは誰だ？」

「はて」

「ふーふっふっふっふっふっふっふっふっふ。わからんか？　わかるまい。では教えてやろう」

いきなり影に色がついた。どおん、とあの顔がスクリーンいっぱいに、

「外谷さんだ！」

「あーはいはい」

せつらは片手を上げて、さよならみたいに振った。

「むう、あまり驚いていないな、ぶぅ」

「ショックのあまり、ボーゼンとしている」

「ふっふっふっふ。ならいいのだ。神秘な部分を持たせておくのが、人を惹《ひ》きつけるコツなのだ、ぶぅ」

スクリーンの外谷はのけぞるようにして笑った。

それが終わるまで待って、

「僕以外に誰かいるか？」

せつらは訊《き》いてみた。

「いるとも、ぶぅ」

外谷が両腕をぐるぐる廻し、右腕を右へぱっと伸ばした。決めポーズのつもりらしい。

「そこにはドクター・メフィストがいるのだ」

せつらには壁しか見えなかった。

「なぜ一緒にしない？」

「ふっふっふ」

「神秘感が増すから？」

「む」

「やっぱりそうか。けど、勘違い」

「むむ」

「おまえは現実そのものだ。体重《めかた》が現実だ」

「吐《ぬ》かしたな、ぶう」

「よしたまえ」

神々《こうごう》しいとさえ言える声が、俗人《ぞくじん》たちの醜悪《しゅうあく》な争いを止《や》めさせた。

「おまえ、本気か？」

とせつらが声の主に訊いた。少しだが、呆《あき》れ返ったふうがある。

「お蔭《かげ》でライバルがおまえに化けて、僕を手にかけようとした。責任を感じろ」

「顔を変えるわけにはいくまい。誰に化けるかは化けた者の責任だ」

「正論医者め」

せつらの悪態はメフィストに限って容赦《ようしゃ》ない。

「おまえも空爆を受けろ」

「何の話だね？」

「話はこっちなのだ、ぶう」

外谷がスクリーンのテーブルを叩いた。ぶよついた音が鳴った。

「これから、余《よ》が何故《なにゆえ》〈区長〉選などという俗な事業に乗り出したか話して聞かせよう。静聴の姿勢を忘れるな、ぶう」

「余って何処にいる？」

「ここ、ここ」

外谷はテーブルをごんごん叩きながら、満面の笑みを浮かべた。

「聞きたくないんだけど」

「何を言う。おまえは余の推薦人なのだということを忘れるな、ぶう」

「それだ、それ」

とせつらは抗議した。やはり迫力に乏《とぼ》しい。

「僕は引き受けた覚えはないぞ。勝手な真似《まね》をして。だいたい、印鑑はどうした、印鑑は？」

「ふっふっふ、ここは〈新宿〉だぞ。コピーなど朝飯前だ」

「元の印鑑をどうやって手に入れた？」

「ふふふ。おまえは生まれてから印鑑を使ったことがないのか？」

外谷は邪悪に笑った。

「捺印《なついん》が一カ所あれば、複製などお茶の子さいさいなのだ、ぶう」

「何処から盗み取った？」

「ふふふ。言えるものか。相手に迷惑がかかるぞ、ぶう」

「僕ならいいのか!?」

せつらは、ついに声を荒らげた。それでも迫力はない。外谷はぬははと笑った。

「おまえは必要な人間だ。逃がすわけにはいかないのだ、ぶう」

「メフィストはどうした？　あいつもＯＫしたのか？」

「したした、ぶう」

せつらはさっきの声の主の方を向いて、

「正気か、おまえは？」

と詰問《きつもん》した。

「正気な人間しか医者にはなれん」

そーとも思えないけどね、と思いつつ、せつらは、

「その時の心境を聞かせろ」

と要求した。

「その女性の〈区政〉に対する真摯《しんし》な姿勢に打たれたのだ」

気でも狂ったか、とせつらは混乱した。

「真摯な姿勢って何だ？　こいつは生まれつきまん

丸だ。真円だ。絶対球だ。姿勢なんかない」

「ふっふっふ、苦しまぎれだな」

外谷は、にやにやと笑った。

「それで充分だろう。余は心からドクター・メフィストの誠意と真実を見抜く眼力を讃《たた》える」

「何が真実だ。おい、メフィスト、それでおまえは満足か？」

「勿論《もちろん》だ」

声から位置を判断して、せつらは妖糸を放った。

壁は切り抜かれ、その向こうに肘掛け椅子と、その上に置かれたメカが見えた。

「通話機だな。声だけだ。この嘘八百貫《うそはっぴゃっかん》でぶめ」

「言葉を慎《つつし》め。ドクターは今も〈新宿〉のどこかで苦しむ者を救っているのだ。その努力に、余は心から敬意を捧《ささ》げるのだ、ぶう」

「僕も姿勢は同じだ」

とせつらは主張した。

「ノンノンぶう」

外谷は激しく首をふった。固定式なのか、上半身も一緒に右往左往《うおうさおう》する。

「おまえは単なる人捜し屋だ。こんな楽な仕事はない。迷子の猫ちゃん何処にいる？　なのだ、ぶう」

「聞こえるか、メフィスト？」

せつらは通話機に向かって訊いた。

「確かに」

「二度と僕に近づくな。僕は治療に行くが、おまえは寄って来るな。副院長に診《み》てもらう」

メフィストは沈黙した。

これはまずいと思ったのか、外谷はまたもテーブルをぶっ叩いて、

「これから出馬表明演説を行なう」

と宣言した。

せつらは椅子に掛け直した。少しは興味があるのだろう。いまだに、眼前の肥満体と〈区長〉選が結びつかないのだ。

「おほん」

と外谷は咳払《せきばら》いして、

「余がこの度《たび》の〈区長〉選挙に立候補したのは、ひとえに〈新宿〉から〝魔界都市〟の汚名を晴らすためなのだ、ぶう。正義が人々を守り、平和が安らぎを与える――そんな〈新宿〉の実現を願わなかった者がいるだろうか？――いない！　いや、いるいる」

慌てて首をふり、

「とにかく、〈新宿〉も〈区外〉の一部に戻らなければならないのだ。そのために、余は粉骨砕身《ふんこつさいしん》、死力を尽くすつもりなのだ」

――骨なんかあるのか、とせつらは思ったに違いない
「正義？　平和？――どんな意味だったたっけ？」

つい、口に出てしまった。

「むう」

外谷は、じろりと睨《にら》み、

「余はこれに自由と博愛をつけ加えたい」

指折り数えて、

「これで完璧《かんぺき》なのだ」

と言った。

「あと――平等と清潔と愛と真実と革命は？」

「あ、それも」

と外谷はせつらを指さし、記憶しようと何度もうなずいた。

「それで――具体的なアイディアは？」

「まず、諸悪の根源〈歌舞伎町〉を〝モラルの街〟にする。片っ端《かたぱし》から病院と学校と保育園とお化け屋敷を建てて、汚《けが》らわしい風俗店を一掃《いっそう》してしまうのだ、ぶう」

「それはそれは」

「次は妖物《ようぶつ》どもの粛清《しゅくせい》だ」

せつらが認めたと思ったらしく、外谷の全身に迫力が漲《みなぎ》った。

「これは簡単にいかないかもしれないが、まず、妖物どもをそのＤＮＡで分類し、各個撃破《かっこげきは》の毒ガスを

製造し、夜中にバラ撒《ま》くのだ。ふっふっふ、皆殺しなのだ」

涎《よだれ》を拭《ふ》く外谷を尻目に、せつらは眼を閉じた。

「次は悪霊《あくりょう》どもだが、こいつは厄介《やっかい》だ。退魔師《たいまし》を呼ぶしかあるまい。あたしの伝手《つて》で密教や裏キリスト教、アブラメリン魔術の遣《つか》い手を呼んで、聖なる日に、読経《どきょう》フェスティバルを開くのだ。これでみな極楽行きなのだ、ぶう」

外谷はまた、ぬはははと笑った。

「いいか、よく聞け」

とせつらは、ぼやけた声で言った。

「〈新宿区民宣言〉第一条第二項を知っているか？〝妖物、悪霊、その他人外《じんがい》の存在も、〈新宿〉に存在する以上、この街で生きる住民と認める。ただし、その行動が他の〈区民〉の生命財産に害を与えるものである場合は、強制的な手段を取って排除もやむをえないものとする〟だ。今度の〈区長〉は殺人狂か」

「何とでも言うのだ、ぶう」

外谷は大いなる目標に向かう偉人たちのように、右手を高く上げて大きく胸を張った。ジャケットのボタンが続けざまに飛んだ。

「いかなる誹謗《ひぼう》中傷に遇おうと、偉大なる存在は死をも覚悟で信じる道を行くのだ。逆《さか》らう者はすべて踏んづけてやるのだ、ぶう」

ふと、せつらはある質問を思いついた。

「――社会福祉や老人問題はどうするのですか、〈区長〉？」

3

嫌がらせを含んだ物言いにも、外谷は動じなかった。理解できないのではない。すべて褒《ほ》め言葉だと理解してしまうのだ。

ばーんと胸を張って言った。

「〈メフィスト病院〉を増やすのだ」

「何ィ？」

ついにせつらは、椅子と通信機を見つめた。

「具体的には、他の藪《やぶ》をつぶして、〈メフィスト病院〉の分院に変えるのだ。これで全〈区民〉の健康を完璧に維持し、医療費負担もゼロにする。凄《すご》いだろ、ふぉっふぉっふぉっ」

「笑い声がいっぱいあるなあ」

せつらは感心した。

「〈メフィスト病院〉はどうする？　つぶれるぞ」

これは信じてもいない質問であった。〈メフィスト病院〉はあくまでも私設なので、〈区〉から援助や補助金は出ない。完全な独立制だ。それでも一切《いっさい》、経済的に云々《うんぬん》の話題が出ないのは、院長が何やら人外の——といっても、この街では常識だが——手段をもって、ありえない運用資金を潤沢《じゅんたく》に生み出しているからだと言われる。現に、ベッドの脇にいま掘り出したかのような金塊が転がっているのを、看護師が慌てて運び去ったとか、廊下にダイヤの原石らしいものが幾《いく》つも転がっているのを見たとする逸話《いつわ》は枚挙《まいきょ》に暇《いとま》がない。

はたして、外谷は全身でふぉっふぉっふぉと笑った。

「あそこがつぶれる？　どうなのだ、ドクター？」

「安心したまえ。人々の希望の火は消さん」

とメカがインタビューに答えた。

「偉そうに」

せつらはやや眉を寄せ、

「病院の規模が倍になれば、あらゆる手数が倍になるぞ。いいのか？」

「やむをえん」

「倍？　ふっふっふ」

外谷が嘲《あざけ》るように笑った。

「何がおかしい？」

「あたしは、とりあえず一〇倍の拡張を計画している。そのためには、まず土地の買収だ。ふっふっふ。おまえの店の土地もターゲットに入っているぞ」

「何ィ？」

せつらが立ち上がった。

「調べてみることだな、ふーっふっふっふ」

せつらは携帯を取り出し、ある場所へ掛けた。

低い声で何やら会話し、すぐに外谷をふり向いた。

「すぐに所有権を放棄《ほうき》しろ」

「そうはいかん、ふぉっふぉっふぉ」

外谷は全身を揺すった。

「これはおまえを抱《かか》え込む切り札なのだ。よくわからないが、あの土地を追い出されたら、おまえも困るだろう。占いの先生に見てもらったら、そう言ってた。ずっとあそこにいたかったら、あたしの言うことを聞くしかないのだ」

「根性悪め」

「ふっふっふ。こうして〈新宿区民〉が幸せになるのだ。文句はあるまい、ぶう」

「健康だけじゃ幸せになれないぞ。〈区外〉のこの不景気で、〈新宿〉への流入はどんどん増えている。じき、おまえみたいに膨《ふく》れ上がって、〈区民〉が弾《はじ》き出される。そうなったら市街戦だ」

一〇年以上に亘《わた》る〈区外〉の大不況は、〈新宿〉への大量な人口流入をもたらした。数年前から政府が意図的に、〈新宿〉の好景気ぶりを宣伝しはじめたのである。そのポイントは、〈新宿〉には宝の山が転がっている、というものであった。

〈新宿〉の闇に棲息《せいそく》する妖物たちは、その血の中に癌《がん》の特効成分を秘め、その臓器にある処理を加えると黄金が製造される。これらを極秘裡《ごくひり》に〈区外〉――海外へ輸出し、〈新宿〉は巨万の富を得ているのだ。

それから、こんな噂が流れはじめた。

〈新宿〉の地下には広大な居住空間があり、優に一〇万人を超える高齢者を収容している。すべての費用は〈区〉の特別会計でまかない、最近は〈区外〉

からの流入者にも開放されて、居住希望者が後を絶たない。〈区〉では、さらに地下深くに空間《スペース》を拡張し、新たな人々の居住態勢を整えている最中だ。ひょっとしたら、オカルト的未来予測にある滅亡の日に備えているのかもしれないが、とにかく巨大な居住施設が地下にあることは間違いない。

当初、〈区〉は流入者たちを無条件で受け入れていた。その数は僅少《きんしょう》だったし、〈新宿〉に知己《ちき》のいる場合を除いて、不慣れな者たちの大半は、一週間としないうちに姿を消してしまったからである。だが、それに目をつけた何処ぞやの組織が、寝たきり老人や認知症患者をバスやトラックで大量に送り込んでくるに至り、〈区〉は〈門《ゲート》〉の出入口に次のような警告を掲《かか》げることにした。

〈区外〉の者は餌《えさ》である。その生死に当〈区〉は一切関知しない。

宣言どおり〈新宿〉は、これ以後の〈区外〉民の運命には一切関与することなく、死体と化した場合のみ収容し、〈門《ゲート》〉の外に放棄することになった。

これによって〈区外〉民の流入はさすがに減少した。傍目《はため》には大量に見えるにもかかわらず、〈区〉が止めだてしないのは、このためである。ここは〈魔界都市〉なのだ。

「しかし、流入者はここのところまた増えつつある。そこであたしはこのスマートな身体が太るほど悩んだ末、素晴らしい知恵を働かせて、ある方法を考えた。一発でこの事態を打開する名案なのだ、ぶう」

「どんな悪知恵だ?」

「ふん。俗人にはわかるまい?」

「おい、メフィスト、わかるか?」

「否《いな》だ」

「ほら見ろ。で、どんな方法だ?」

「内緒《ないしょ》だ、ぶう」

外谷はそっぽを向いた。今までにない反応である。

「ロクでもない方法だな。とにかく僕はおまえの推薦人になどなるつもりはない。これから〈区〉の選管へ行って断わってくるぞ」

外谷は陰険に、ふっふっふと笑った。

「もう遅い。すべてはあたしを中心に廻りはじめているのだ。おまえはそれに加わるしかない。運命なのだ、ぶう」

「うるさい」

「もう話は終わった。あたしの崇高《すうこう》な立候補の理由と政策は理解しただろう。帰ってよろしい、ふぉっふぉっふぉ、ぶう」

「やかましい」

おっとりと罵って、せつらは席を立った。

その足で〈区役所〉の選挙管理委員会へ乗り込み、

「勝手に登録された」

と訴えたが、

「それでは、簡易裁判所に届けてもらうしかありません。この手のトラブルはしょっ中起こるので、裁判所でも慣れてはいますが、判決が出るまで、半年はかかりますね」

〈区長〉選など終わっている。

せつらは選管を出て、〈矢来町〉に建つマンションへ向かった。

午後二時、まだ陽《ひ》は高い。

一階に「ラゴン」という名の喫茶店がある。

サングラスをかけたが、最初に気がついたウェイトレスをはじめ、客やスタッフたちも頬を染め、こめかみを押さえた。

奥の方のボックス席に、若い女がひとりで掛けていた。

長い髪は、遠目にもひどく傷《いた》んでいるように見えた。

「草場《くさば》さん？」

少し遅れてかたわらに立ったせつらが訊いた。ちらりと見て、眼を閉じた。

「ああ、神様、こんな男の人がいるなんて」

低く洩らした詠嘆《えいたん》は本物だ。

眼の前に置かれたブラシを見て、女——草場陶子《とうこ》は、顔だけ上げて、

「これは?」

「店の前に美容院が。美容師に」

とせつらは答えた。借りて来たのだろう。

「そうか。今日、ママと会うんだったわね。余計なことしてくれるなあ。この街へ来たら昔の自分と別れるつもりで、手入れをしないでおいたのに」

「どーも」

「ううん」

陶子は首をふった。

「やっぱり、過去からは逃げられないわ。行くのは反対側だとしても、身だしなみくらいは整えておかなくてはね。ありがとう」

「いえ」

陶子の言葉にも、頬を伝わる光にも、せつらは茫《ぼう》洋《よう》たる美貌《びぼう》を崩さなかった。

店のドアが開いた。少し間を置いて、

「いたぞ」

必死に抑《おさ》えた声が、ここまで伝わって来た。

席へやって来たのは二人組の男であった。若いほうは、片手でせつらを折り畳んでしまえるくらいの体格を備えていた。

見事な髯《ひげ》を生《は》やした年配のほうが、せつらを見て、

「こら凄《すげ》え色男だ。姐《ねえ》ちゃん、こんなイロがいるのに、逃げ廻ることたねえだろ。二丁目へ行きゃ、どんな店でも引く手あまただ。借金なんざ三日で返せるよ。いや、やっぱり無理か。こりゃ別嬪《べっぴん》すぎる……」

「幾ら?」

とせつらは訊いた。

「おお。さすが頼りになるねえ。自分の値打ちを知ってらっしゃるぜ」

「この人は――関係ありません」

と陶子が強い口調で言った。

「――お金は――働いて返します」

こちらはややトーン・ダウンしている。

「もう間に合わねえんだよ」

髯男が、上衣の内ポケットから、封筒を取り出し、中身を広げた。

「ここにあんたのサインがあるだろ。読めるよな？　返済期日も書いてあるよな、読めるだろ、ほら、もう二日前だ。それから、ここ。一日でも遅れた場合、生命財産身体《しんたい》をもちまして返済いたします、と。読めるよな。いい街だぜ。この契約内容が堪《たま》らねえ」

紙面を指で弾いて、

「特に身体をもちましてってところがよ。さ、今ここで全額返却しても、二日分の利息は払ってもらうぜ、その身体でよ」

「借り入れ分は返しました。後は利息だけです。お願い、少し待って」

陶子は低く呻いた。

「そうはいかねえ。〈新宿〉でも契約は履行《りこう》されなきゃならねえのさ。さ、彼氏も事情は呑《の》み込めたら、文句は言わねえよな」

「人情に期待したい」

せつらの言い草に、髯男は瞬間、眼を丸くし、ついで噴き出した。

「かーっかっかっか。こりゃあいい。〈新宿〉で人情だあ？　ばりばりの〈区民〉かと思ったが、〈区外〉の人間だとはなあ」

「ノン〈区外〉」

「おや、インテリさんでもあるってわけか？　〈区民〉なら、もう少し〈区民〉らしく、柄《がら》を悪くしろよ。ついでに、余計な口も出すんじゃねえ」

男は左手の指輪の石をせつらに向けた。レーザー・レンズが仕込んである。三度の火傷《やけど》を負わすくらい、一秒とかからない。

だが、指の腹の発射ボタンを押す前に、骨まで届く痛みが男の頭を白く染めた。

凍りついた姿を見て、隣の大男が、

「大村《おおむら》さん――どうしたんですか」

と訊いた。反応なしの身を揺すったが、同じことだった。

せつらを見て、

「てめえ、何しやがった?」

と両手を伸ばしたところで、兄貴分の後を追った。

「そっちも人情に期待しないと」

きょとんとしている陶子を尻目に、

「――だろ?」

と二人にささやいた。動けないのに気づいて、

「締めすぎ」

はっと高利貸しの身体がゆるんだ。


「で――どう?」

二人は一斉《いっせい》にうなずいた。全身に汗が噴き出す。今の苦痛から逃れるには、せつらの情にすがるしかない。

「返済日は返済するまで延期。その間の利息は発生しない。オッケ?」

またもうなずいた。

そこへ、夫婦らしい男女が入店して来た。こちらを見るや、走り寄って来たが、高利貸しに気づいて立ち止まった。せつらが、

「大丈夫です。ね?」

と高利貸したちにうなずいて見せる。

「ああ」

と大村が応じた。大男もうなずく。

「あっちへ」

せつらが指さすと、ぎくしゃくと立ち上がり、ぎくしゃくと近くの空《あ》いてるボックス席に着いた。せつらの妖糸――一〇〇〇分の一ミクロンのチタン鋼

の糸は、死体の動きも操《あやつ》って、世に〝死人使《しびとづか》い〟と呼ばれる。これはその、生者への応用だ。〝生者使い〟或《ある》いは〝人形使い〟がふさわしい名前だった。

「陶子さん」

女——母親が名前を呼んでから、数秒、空白があった。その間に別離の歳月を埋めるのが、再会した者たちの務めだった。

母親がよろめくように陶子を抱きしめた。

彼女が後妻で、先妻の娘との間に摩擦《まさつ》が生じ、娘は〈新宿〉へやって来た。よくある話だった。その間の確執《かくしつ》もお互いの心情も、これからの生活も、せつらには無縁のことであった。

父親は立ちつくし、ついでにトレイにコップを載せたウェイトレスも立ちっぱなしで、困惑《こんわく》中である。

「お渡ししました」

とせつらは言った。

「残りの料金は後ほど請求いたします」

夫婦は声もなくうなずいた。

せつらは立ち上がり、大村の契約書を指さし、

「よろしく」

と言い残して、ドアの方へ向かった。ウェイトレスは動かない。我を忘れているのだ。

「失礼」

横を抜けた時、娘の声がした。

「ありがとう——秋さん」

名前を呼んだのは、感謝の思いからだろう。せつらには余計なお世話だったかもしれない。

「待ちな」

大村人形が、必死の声を絞《しぼ》り出したのだ。痛みと汗のあまり、溶けた蠟面《ろうめん》みたいな顔で、

「秋って……秋せつら……か……その顔見て……気がつか……なきゃ……な。俺たちを自由にしろ。でなきゃ……訴える……ぞ」

せつらはふり向いた。

大村はすぐに自由を取り戻した。ゆるゆると内ポケットから別の封筒を取り出し、せつらへ放った。

「読んで……みろ。あんたの印鑑が押してある……あのでぶの……選挙資金……五〇〇〇万……今日が期日だ……とっとと……返し……やがれ……」

第四章　動かざること〝でぶ〟の如《ごと》し

1

予期せぬ事態が進行し、新たな局面を迎えようとしていることに、せつらは気がついた。

名前を貸すだけで済むはずがなかったのだ。

二人を外へ連れ出し、近くのバス停まで歩いて待ち合いのシートに座らせた。

五〇〇〇万円の借金は、外谷が彼らの店舗《てんぽ》を訪れ、せつらの代理だと胸を張り、せつらの印鑑を使って申し込んだものだと、大村は息も絶え絶えに告げた。

「喜んで、ぽんぽんハンコ押しまくってたぜ、あのでぶ。正直、危《あぶ》ねえなとは思ったんだ」

「連帯保証人は?」

「ドクター・メフィストさ」

せつらは胸の中で嘆息《たんそく》した。

外谷が自分で借金しなかったのは、しまくった後だからだろう。当人の顔も見ずに印鑑だけで金を貸す——〈新宿〉では常識だ。文句を言っても、本当に物を言うのは印鑑だ。

「元金《がんきん》五〇〇〇万と利息が二五〇〇万——耳を揃《そろ》えて返してもらおうじゃねえか」

大村が凄《すご》みを利《き》かせたが、相手が相手だ。声にも表情にも迫力がない。でかいほうが痛みに耐えかねて失神中とあっては、なおさらだ。

こういう状況下で、せつらはどうするか? 二人を始末して、細かく刻んだ死体を妖物《ようぶつ》の巣にバラ撒《ま》くのは簡単だが、法人の高利貸しにはバックがついている。そいつらとやり合うのも面倒だ。

何を感じたのか、大村が気味悪そうに、

「何考えてやがる? おかしな真似《まね》したら、バックの組が〈新宿〉中を追いかけるぞ」

と喚《わめ》いた。

「バラ撒く」

とせつらは言った。自分でもしたことがあるのか、大村は血相を変えた。

「何だ、そりゃ？　俺たちをどうするつもりだ？」

「しかし、やくざの組もそうするのは面倒だ」

ひとつうなずき、携帯を取り出して、キイを押した。

外谷が出た。

「五〇〇〇万と利息」

せつらが指摘すると、電話の向こうででぶが笑った。

「ふぉっふぉっふぉ。やっと気がついたか。もう手遅れだぞ」

当たり前だが、最初《はな》から謝《あやま》るつもりなどなさそうだ。

「すぐに候補を辞退しろ。そしたら勘弁《かんべん》してやる」

「莫迦《ばか》者め。世界はあたしの勝利に向かって動きはじめているのだ。遅い遅い」

「これだけか？」

とせつらは訊《き》いた。


「え？」

「僕にかける迷惑はこれだけか？」

「え、あ、その」

明らかにアタフタしている。

「他にもあるんだな、このでぶ」

「ふっふっふ。星がきれいだぞ」

「まだ陽《ひ》が照っている。ところで、ハムになりたいか？」

「ぶう」

イントネーションからして、むうのつもりだったらしい。

「どっちだ？」

迫力ゼロの脅《おど》しの奥に何かを感じたのか、

「話し合うのだ、ぶう」

「これからだぞ」

「むう」

「ボンレスハム」

「むう。オフィスへ来い」

〈ぶうぶうパラダイス〉である。

〈東五軒町《ひがしごけんちょう》〉にあるマンションの名前とルーム・ナンバーを告げ、

「そんじゃね」

と外谷は電話を切った。

せつらの発言に、大村は身を乗り出して、

「これから行く」

「俺も行くぜ」

と言った。

大村の債務者はせつらである。法律上、外谷は代理で契約しただけの第三者だ。取り立て相手はせつらであった。外谷の下《もと》へ押しかける必要はない。

「この契約をチャラにしてえんでな」

苦々《にがにが》しげに言った。

「へえ」

「あんたが怖《こえ》えんだよ。そのきれいな顔の下に隠れてるもンがな。これでも、二〇年以上、この業界で生きてきたんだ。相手の面《つら》の皮の下くらいは見抜けるさ。いろんな連中を見てきたが、あんたは並みじゃねえ」

せつらは首を傾《かし》げた。

大村は真っ赤になった。

「やめてくれ。指一本動かしても、おかしくなりそうだ。こっちの若いのは内村《うちむら》ってんだが、これまでどんないい女にも反応を示したことがねえ。そういう感覚が消えちまってるんだな。それが、あんたを見た途端、役立たずのデレデレ野郎に成り下がっちまった。その面の下にあるのは、何処《どこ》にでも転がってる異常性格なんかじゃねえ。遥《はる》かに異様で底なしに深くて、果てしなく巨大なもんだ。それを知った連中は、誰でも何でも破滅してしまう。なあ、当人もそうじゃねえのか?」

大村の声はそこで途絶えた。

彼は気がついたのかもしれない。

自分が、夜ほども巨大な奈落に落ちかけていることに。

だが、多分、はっきりとしないまま、彼は舗道《ほどう》の脇に立って、手を上げるせつらの声を聞いた。

「〈東五軒町〉へ行くタクシー、停《と》まれー」

外谷が指定したオフィスは、「火万《ひよろず》マンション」の六階であった。

表札はない。

チャイムを鳴らしたが応答はなかった。

ノックも同じだ。

「掃除中に流しに尻《けつ》でも突っ込んで、抜けなくなってるんじゃねえのか？」

大村が悪罵《あくば》を放った。

「ふむ」

せつらはすでに誰もいないとわかっている。〝探《さぐ》り糸〟をとばしたのだ。

ロックを切断して開けた。

「どうやったんだ？」

大村が呻《うめ》いた。

「開けっ放し」

「不用心なでぶだな」

三人は室内へ入った。

「うげ」

大村が呻いた。見てはならないものを見てしまった人間の魂《たましい》が上げる声だ。ただし、こちらは恐怖ではなく、呆《あき》れて、だが。

床という床は資料の山で埋められていた。コピーなのか切り抜きなのかもわからない。天井まで届いた紙の山の他に、負けじと天井に挑《いど》むディスクの山が見渡す限りそびえ立っているではないか。

「何てこった。こりゃ何だ？」

大村は虚《うつ》ろな声でぼやいた。

「こんな莫迦な。俺は夢でも見てるのか？」

「どんな夢？」

とせつら。

その声すら耳に入らないらしく、大村は両手で頭を抱え、さらに拳《こぶし》を両腿《りようもも》に叩《たた》きつけた。微妙なバランスを保っていた山々が、次々に崩壊していく。

「まだわからねえのか」

大村は顔中を口にして喚いた。白眼を剝《む》いている。せつらさえ驚きかねぬ狂気の相であった。

「全然。資料の山が凄いとか？」

「違う！」

「この資料を使いこなせるのが素晴らしい？」

「違う違う違う！」

大村はかたわらの書類の山を蹴《け》とばした。それらは四角い天使のように宙に舞った。

「まだわからねえのか、そんな下らねえことじゃねえ。この通路だ！」

せつらと大男――内村は、かろうじて通れる細道の前後を見比《くら》べたが、答えは得られなかった。ついに大村は絶叫した。

「よく考えろ！　この通路を、あの女が、資料を崩さずに通るんだぞ。悪魔の仕業《しわざ》だと思わねえのか」

「あーっ」

とせつらは少し目を丸くした。

「それは凄い」

「使ってねえんじゃ？」

内村が石みたいな声で言った。

「いや、この山のズレ方は、あのデブがかすめた証拠だ。見てみろ、皆同じ形だろ」

「そう言やあ」

内村の声に興奮が滲《にじ》んできた。

「こら、凄《すげ》え。あの女がこんな細い通路を通り抜けるなんて、奇蹟《きせき》に近いですよ」

「そうだろう」

「おーい」

せつらが声をかけた。何処まで行っても同じような気がしたのである。

「拳銃《はじき》を使うぜ」

大村が了解を求めた。

「あいつが、その山ん中から、外谷さん、ぶうと出て来たら、気が狂っちまう」

「オッケ」

せつらも深々とうなずいた。少なくとも高利貸しと用心棒を抱きしめているのは、純正な恐怖だった。銃口がせつらを狙《ねら》う心配はない。

「おーい」

せつらはまた叫んだ。

返事はない。

外谷が嘘《うそ》をつくとは思えなかった。少なくともせつらに恐怖して面会に応じたのだ。

「ハムになりたいか？」
二、三秒待って、
「何かあった」

と二人に言った。

「彼女は来るつもりだった。邪魔が入ったんだ」

「そりゃ何だい？」

「あの女にも、敵がいるってこと」

二人の顔はさらに濃く深い恐怖の色彩《いろ》を広げた。

せつらの口にした事態に対してのものか、その敵の運命を思いやった反応かは不明である。

2

せつらは部屋中に妖糸をとばした。

すぐにあるものを発見した。室内の監視ビデオ・カメラである。用心深い性格らしく、一〇台もあった。

その結果、一〇分ほど前に訪問者があったことが判明した。

「愛人はあんたひとりじゃなかったらしいな」

悪態をついてすぐ、凄《すさ》まじい痛みが大村を再び沈黙の人形に変えた。

「こんな狭苦しいところに空間《スペース》をこしらえて、しかも親しげにしゃべってる。こらぁ出来てるな」

大村ほど口の軽くない内村の感想であった。

「おっ、出てくぜ。見ろよ、あのでぶ、男の腰に手を廻《まわ》してるぜ。ホテルへでも行くんじゃねえのか」

「見覚えは？」

まず内村に訊いてから、大村に尋ねた。どちらも首を横にふった。男の顔がわかるほど、画像もはっきりしてはいなかった。

マンションからは資料以外は何も出て来なかった。パソコンも、それどころか、ポット一台、皿一枚もない。ここは人を招き入れる場所ではないのだ。転々とオフィスの場所を変えながら、外谷はあらゆる情報をマシンや薬抜きで記憶しているのだろうか。

「解散」

とせつらが告げたのは、訪問から三〇分以上を経《へ》てからであった。


大村と内村と別れ、せつらは〈余丁町《よちようまち》〉の小さな飲み屋街にあるバーを訪れた。

ドアを開けた途端に、熱気のようなものが吹きつけて来た。

具体的な熱ではない。遥《はる》かに生々《なまなま》しいもの——体温だ。店内に渦巻く異常に暑苦しい空気が外へと殺到したのだ。

ふた月ほど前にオープンした店で、裏で何か副業を営《いとな》んでいるとの噂《うわさ》が出まくりだが、その内容までは気にしていなかった。

それが店内を眼にするなり、一発でわかった。

五〇坪はある平凡な内装と調度に彩《いろど》りを与えているのは、カウンターの向こうの酒瓶《さかびん》でも、古いジャズのBGMでもなく、客とスタッフであった。

カウンターの客たちはひとつ空けてスツールに腰を下ろしている。なのに、身体と身体がべったりと密着しているのだ。尻などスツールからはみ出る——というよりこぼれ落ちそうである。手にしたグラスは、キングコングの拳に摑《つか》まれた可憐《かれん》なヒロインのようだ。

圧巻はテーブル席の客で、無理矢理客とホステスを並ばせたため、どちらも身動きが取れず、テーブルのグラスにもオードブルの皿にも手が届かないのであった。

「いらっしゃい」

カウンターの向こうからマスターが挨拶《あいさつ》した。ホステスと客が一斉にこちらを向き、たちまちとろけた。だが、その寸前に瞳へ点《とも》ったものは、まぎれもない憎悪の光だった。

客もホステスもマスターも、全員一五〇キロは超えていると思《おぼ》しい肥満体だったのである。

「悪いけど、うちはお客さん向きの店じゃ——ま、いいか」

マスターはうっとりと店のモットーを放棄し、せつらはカウンターのところまで行って、

「左島平助《さじまへいすけ》さんは、こちらに？」

店長は喘《あえ》ぐように、

「知らねえな……そんな奴《やつ》……」

と応じたが、すでに勝負は眼に見えている。

せつらはサングラスの下から、じっと彼を見つめて、

「嘘」

と言った。

少しも変わらぬ茫洋《ぼうよう》たる口調であった。マスターはよろめいた。

「本当に……知らねえんだ……さ、もう……出てってくれ……やっぱ……あんたはここにいちゃ……いかん」

どでんと背後の酒棚《さかだな》に当たった。普通は酒瓶が大きな音を立てるものだが、ひどく地味である。マスターの身体がカウンター内の三分の二以上を占めているため、ぶつかっても、もたれかかったくらいの振動しかないのである。

「ねえ、あんた」

スツールの客が声を揃えた。

「その何とかいう奴の……居場所を教えてやる……だから、一杯付き合って……」

「駄目《だめ》よ」

とボックス席で動けないホステスが叫んだ。

「あたしが教えてあげる。だから――」

デートしてとは口にできなかった。美しすぎて、俗な誘いがかけられないのである。

「写メを――やっぱり、駄目だ。あたしが写真の中で消えちまうわ」

がっくりと顔を伏せた。

せつらは困惑《こんわく》した。客も溜息《ためいき》をつくばかりだ。

「あの――一杯くらいなら」

と客たちに話しかけたが、

「いや、いいんだ。俺たちが他の客に殺されちまう」

ボックスに詰まったホステスへ、

「食事くらいなら――費用は持ってもらえれば」

と言っても、

「もういいの。あたしみたいなガスタンクが、あなたみたいな人と、一緒に歩くだけでも天罰が降《くだ》るわ」

「いや、それでは――」


せつらは困惑した。

「いいの」

ホステスは強引に前へ出て、オードブルの皿を持ち上げると、中身をざらざらと口腔《こうこう》へ放り込んだ。

〝探り糸〟を送るか、とせつらが考えた時、

「あれ、秋さん?」

野太い声が後ろで上がった。

小太りのスーツ姿は、古賀雄市であった。

「こんなところで何してるんです?」

不思議そうに見つめるゴリラ面《づら》へ、

「外谷は何処?」

「それが、急に連絡が取れなくなって――困ってるんですよ」

その時間は、見知らぬ訪問者と〈ぶうぶうパラダイス〉を離れたときと一致した。

相手については、古賀も不明だと告げた。ビデオ画面を転送したスマホを見せても、首を傾げるばかりであった。

「しかし、秋さんとの約束をすっぽかすとは――やはり拉致《らち》されたんだと思います」

「あれをどう拉致する？」

「ごもっともです。私にもわかりかねます」

古賀はうーむと唸《うな》り、

「後でお話ししませんか」

と言ってから、マスターの方を見て、どうも、と店の奥を指さした。

「入ってもいいかい？」

マスターは眼を閉じ、破れかぶれのようにうなずいた。せつらは、やった、と言いたかったかもしれない。

「僕も行くところ」

古賀は、あっ、と洩《も》らして、

「そうでしたか。でも、秋さんに見てられるとやだな」

「いいから」

せつらに促《うなが》されて、古賀は照れ臭そうに頭を掻《か》き掻き歩き出した。

奥のドアは地下室への階段であった。

一〇段ほど下りて、端の鉄扉《てっぴ》を開くと、客だらけの広い部屋が迎えた。煙草《たばこ》とアルコールの匂いが空気を染めている。

中央のリングを見て、せつらは納得した。

地下格闘技場である。一般公開の試合と異《こと》なるルール無視の闘いに賭《か》け金《きん》が投じられるのだ。

「んじゃ、後ほど」

古賀は一礼して奥のドアに消えた。

周囲を見渡し、せつらは天を仰《あお》いだ。なみいる客は全員、肥満体だったのである。

――リングのある温泉か
空いてる席に腰を下ろすと、すぐに、ちょっとぉと声がかかった。スーツのボタンが吹っとびそうな中年女が眼尻を吊《つ》り上げて、

「そこ、あたしの席――」

「あ、失礼」

せつらは険のある顔を見上げた。

「――だけど――もういいわ。座ってて」

女は夢見るように言った。

「どーも」

その辺は、せつらも遣《や》り手《て》である。

椅子の背にもたれて足を組んだ。背も肘《ひじ》かけも、ひどく歪《ゆが》んでいる。

一〇分ほどで、チャイムが鳴り、場内のざわめきが熄《や》んだ。

二つの花道から選手が現われた。喝采《かっさい》が場内を駆け巡《めぐ》った。

「あれ?」

せつらは眼を細めた。

左手の花道をやって来たトランクスにグラブ姿は、捜《さが》し求めていた左島平助であった。そして、右の花道は――さっき別れたばかりの古賀雄市ではないか。

――あいつもでぶだったか

せつらは溜息をついた。

試合がはじまった。

悪夢のような試合であった。

どっちも腹が出て、のけぞり気味というより、ふんぞり返っているため、相手との距離が摑めず、フックはすべて空ぶり。ストレートに到《いた》っては、胸と腹にしか当たらず、全く効果なし。恐るべきはクリンチで、抱きつこうとしても手が廻らず、腹と腹がぶつかるだけの押しくらまんじゅうが展開したのである。

せつらはぼんやり眺《なが》めていたが、何のつもりか、観客は大興奮。いいぞ、ベスト・ファイトだ、殺せ殺せと大合唱が場内を揺する。

――死ぬまでには大分《だいぶ》かかりそうだ
突然、古賀の身体が宙に浮いた。

驚きの声は、彼が頭から急降下しながら、左島の頭部にぎごちなく右のパンチを打ち込んだ瞬間、轟《とどろ》きに変わった。

泡を吹く左島の横に、古賀雄市が着地した瞬間、事態に変化が生じた。

観客のどよめきが怒声《どせい》に変わったのだ。古賀が身を伏せた。銃声が轟き、天井の照明が砕けて、壁に穴が開く。

やめろと叫びながら、スタッフらしい男たちがとび出し、射撃犯に拳銃《けんじゅう》を向けた。


「えらいことだ」

せつらの言葉に、古賀は荒い呼吸を止めてうなずいた。奥の控え室である。

「あれが肥満解消のエクササイズだとは思わなかった」

「ボクササイズってんですよ」

古賀が、ようやく呼吸を整えた。

「殴《なぐ》り合いながら、瘦《や》せようって、新機軸のデモンストレーションなんです。だから、一ラウンド一七秒KOでは、何ひとつわからない。それで発砲したんでしょう。よくある話ですが」

「効果は？」

「インチキですよ、こんなの。百も承知でやってるんです。たとえ効果があっても、一二ラウンド丸々殴り合ってまで、瘦せたいとは誰も思いません」

「本職？」

「はい。外谷さんの秘書になったのは、一〇日ばかり前です」

古賀はうなずいてから、せつらを見て、

「僕は今日、手足の自由を奪われた上、宙に持ち上げられ、パンチを打たされました。あれは——あなたですか？」

そうだが、せつらは知らんぷりだ。

「外谷さんを気に入ってる？」

「はい。見た目以外はすべて」

「その気持ちだよ」

せつらは立ち上がった。

「もしも、会えたら連絡が欲《ほ》しいと伝えて」

左島の控え室に向かった。

ひとりでベッドにのびていた。治療は終わったらしく、せつらを見ると眼をかがやかせた。

「奥さんから捜索を依頼されました。秋と申します」

左島が理解するには数秒が必要だった。

彼は身を捻《よじ》ってベッドに置いてある小型自動拳銃《オート》を摑んだ。安物らしく安全装置《セフティ》もついていない。引金《トリガー》の角度を見ても、ダブル・アクション一辺倒《いっぺんとう》らしい。

「俺はどこへも行かん。出て行け」

「僕が出て行ってもね——動けます？」

「あ、ああ。もう大丈夫だ。俺は〈区外〉へなど帰らん。やっと職も見つけたんだ。新しい人生が待っている」

「その身体つきだと一年も保《も》たない」

「余計なお世話だ。だからこの仕事の意義がある。それをおまえと議論してもはじまらん。出て行け」

「お付き合い」

左島の身体が指一本動かせなくなったのは言うまでもない。

二人でドアへと歩き出したとき、左島の唇が、妖糸の痛みにもめげず、こう洩らしたのである。

「……と……外谷……さま……お助け……を……」

3

せつらはその場で妖糸をゆるめ、

「今のは呪文？　念仏？」

と訊いた。疲れ切った声で、

「俺たちの守り神だ」

「神さま」

せつらの声は、もっと疲れていた。

「いつからそうなった？」

「一年も前からだ。マンションの住人全部に布教のビラが入っていた」

「布教？　宗教団体？」

「そうだ。謳《うた》い文句は、『近所の神さま』だ」

「…………」

「最初はよくあるインチキ宗教団体だろうと思っていたんだが、まさか隣の部屋にいるとはな。しょっ中出くわすでぶが教祖とは思わなかった。はじめて集会へ行ったのも、出会い頭《がしら》に、今日来なさいって腕捻《ひね》られて連れ込まれたからだ。それであの方の魅力にハマっちまったわけだがな」

　せつらは、じっと恍惚《こうこつ》たる男の顔を見つめた。恍惚は、彼に対するものだけではなかった。

　左島の全身が震えた。そっちの恍惚が稼働《かどう》したのである。

「ああ、外谷さま……我が苦難をお救いくださいませ」

「廃業した」

「嘘をつけ」

　と左島がつぶやいたのは、五秒ほど後だった。

「もうお金が溜《た》まったので、やる気なくなったってさ――あなた、幾ら献金した？」

「ご、五万ほどだ。余裕がなくてな」

「ありがたいことで――逃亡資金の一部だね」

「嘘だ、嘘をつけ」

「確かめる方法ある？」

「わ、わからねえ」

　左島は髪の毛を掻き毟《むし》った。

「問い詰めに行ったら？」

「問い詰め？――そうだ、外谷さまに話を聞きに行こう」

「場所知ってる？」

「勿論《もちろん》だ」

「ビンゴ」

「ん？」

　六の目を狙ってサイコロをふったら一の目が出て、それが大当たりだったようなものだ。

「ここだ」

と左島がタクシーを停めたところは、〈左門町《さもんちょう》〉に建つスポーツ・ジムだった。

門の隣に発光看板が立っている。

「痩身《そうしん》エクササイズ〝ぽてみ〟」

これだけがせつらの眼を引いた。

「それだよ」

と左島も保証した。２Ｆにある。

ガラス扉の向こうに、不自由そうに踊りまくっている一団が見えた。

外谷はいない。

「おかしいな。今の時間ならここだが」

左島が眉《まゆ》を寄せた。

「やっぱり拉致か」

とせつらがつぶやいたとき、踊り手のひとりが、列を離れて、戸口の方へやって来た。

受付台に載った固定電話を取って応答しはじめた。

左島が中へ入ると、ほっとしたように、

「あ、支部長――外谷さまからです」

と手渡した。

支部長、とつぶやくせつらを尻目に、

「左島でございます」

「は、今日のレッスンは――それはよろしいのですが」

ちら、とせつらを見た手から受話器が浮き上がって、一緒に部屋へ入ったせつらの手の中に落ちた。

「僕だ」

「むう、ぶう」

本物だ。

「約束を破ったな」

「ふっふっふ、悪かったな」

「それで済むと思ってないよね？　ハムだぞ」

「むう。急用が出来たのだ」

「連絡をよこせ」

「急な用事なのだ。無理なのだ、ぶう」

「何処にいる？」

「とても暗くて冷たい場所だ」

「おお、地獄」

「むう。外れ」

「じゃ冷凍庫」

「むう。明日の正午――〈新宿駅中央口前〉へ来い。あたしの晴れ姿を見せてやる」

？マークを頭の上に点滅させながら、

「痩せ踊り？」

「痩身ダンスと言えないのか、ぶう？」

「とにかく、今、何処だ？」

「おまえの後ろだ、ぶう」

外谷の声は笑った。

「ハムだぞ、ハム」

「とにかく明日だ」

ぶう、と言い残して電話は切れた。

受話器を戻して、せつらは、

「この頃、おかしなことは？」

「別に」

左島は首を傾げた。

「選挙に出るのは知ってた？」

「そりゃもう。スタジオの連中はみんな。そういうことを隠しておける人じゃないんで。みなで力を貸すのだ、ふぉっふぉっふぉっふぉっと」

「資金に関しては？」

「こちら――どなた？」

うっとりとした声が、若いTシャツ姿の娘になってやって来た。少し太目だが、他のドタンバタンよりは人間に近い。

左島が答える前に、

「秋と申します」

薄く笑った。これだけで、もう相手はせつらの素《す》性《じょう》などどうでもよくなってしまう。

「あの……あの……」

と言っているのだろうが、周りには、あうあうとしか聞こえない。

「……あの……私……佐久間美雪《さくまみゆき》と申します……インストラクターをしてます」

「どーも」

「お二人でお話しなら、あちらで」

と奥のドアを指さす。オフィスだった。

左島と入った。六畳ほどのスペースにテーブルとソファが揃っている。

「で？」

「お金のことはわからんなぁ。いや、嘘《ホント》」

嘘ではないことは、せつらに与える眼差《まなざ》しでわかる。

「自己資金？」

「うーん」

と腕を組んで沈黙したところへ、さっきの娘——佐久間美雪がコーヒーを運んで来た。

「さっきのお話——選挙資金のことですか？」

「そ」

「おい。君！」

咎《とが》めかけた左島が、また固まった。

「沈黙は金」

せつらは美雪へ視線を戻した。

「〈区長〉選の件なら、教祖さまは、誰かに借りると仰《おつしや》っていました」

「金はない？」

「いえ、あるけど出さないって」

「やっぱりね」

「はい」

「その相手は？」

「それが……」

美雪は眼を伏せた。

「その話を聞いたのは、教祖さまのお伴《とも》で近くの『和民《わたみ》』へ行ったときなんです。教祖さま、焼酎《しょうちゅう》を二本も空けて、お歌をお歌いになって、すっごく楽しそうでした」

せつらは美雪を見つめていたが、すぐ、

「嘘だ」

と言った。

「あ、あの――」

美雪はすぐ観念した。せつらの〝自白容貌マジック〟だ。

「私には、ちょっと無理しているように見えたんです。カラオケ付きの部屋だったんですけど、相撲《すもう》甚《じん》句《く》を歌いながら、いつもより大きく四股《しこ》を踏むんです。私、抜けるんじゃないかと心配で、お酒も喉《のど》を通りませんでした」

「相撲甚句、いつも四股踏み、教祖さま」

せつらは虚ろにつぶやいた。

「――それで、どうかしたのかと訊いてみたんです。教祖さまはあれで酒癖《さけぐせ》がお悪くて、みなよく絡《から》まれるんです」

せつらは沈黙した。

「幸い、私は気に入っていただけたらしくて、お尻で踏みつぶされたり、エルボーを食らうこともなく、教祖さまも気負《きお》いなくお話ししてくださいました。そのとき伺《うかが》った話では、〈区長〉選の費用は、お金というものの意味をよく知らない人から借りたと」

「それって、詐欺《さぎ》？」

「いえ、あの方に限って、そんなことは――私の首を賭けても構いません」

首が幾つあっても足りない、とせつらは思ったかもしれない。

「お金の意味をよく知らない」

「それから、こうも仰ってました。生命《いのち》だけじゃないのよ、ぶうって」

「生命だけじゃない」

美雪は恍惚と、

「同じ言葉をあなたが口にすると、宝石のようにかがやくわ」

「ぶう」

とつけ加えて、

「人間《ひと》以外か」

世にも美しい顔に何を感じたのか、美雪はもうひとりと等しく石像と化した。

そのひとりの肩を叩いて、せつらはオフィスを出た。家族と再会の労を取らなくてはならない。

案《あん》の定《じょう》、曇天《どんてん》であった。

重い雲が下界をつぶそうと垂れ込めている。〈駅〉を中心にした人々の動きもいつもよりモタついて見えた。

正午五分ほど前に到着すると、〈中央口〉を埋めた群衆は、〈新宿通り〉まで溢《あふ》れ返っていた。どの顔も憑《つ》かれたような熱狂に灼《や》かれ、共通の目的を、それも凄まじいものを持っているように見受けられた。

正午きっかりに、〈大ガード〉の方角から真っ赤な選挙カーがやって来た。

歓声が上がった。群衆が狂気のごとく手を叩いている。ひとり残らず、とはいかなかった。

せつらは広場に乗り上げて来た選挙カーを避けて、〈新宿通り〉へ移った。

外谷が乗っている。はち切れそうなピンクのスーツが、人々の眼を惹《ひ》きつけた。頭上からヘリの爆音が降って来た。

車が停まるや、外谷はマイクを叩いて、両手で万《ばん》歳《ざい》をした。掛け声は、

「ぶう」

ギャラリーが和した。

「ぶう」

「ざっと五〇〇〇人」

せつらはつぶやいた。群衆の数である。

「人徳かな」

いきなりファンファーレが鳴り響いた。

白手袋にマイクを握った選挙ガールが、外谷を示して、

「みなさん、よくおいでくださいました。次期〈区長〉選に勇躍《ゆうやく》名を唱《とな》えた〈新宿〉の〝魂の母〟——

外谷良子の街頭演説会を開催したいと思います」

「魂の母」

せつらはうめいた。

「では――外谷良子氏の人となりと、現在までの人生について少しお話しして――」

これはせつらにも興味のあるところだったが、叶《かな》わなかった。

選挙ガールを押しのけて、外谷が前へ出たのである。我慢できなくなったのだ。

拍手がせつらの鼓膜《こまく》を突き破る勢いで鳴り響いた。

「支持者のみなさん、よくおいでくださいました。外谷です、ぶぅ」

群衆は狂乱状態に陥《おちい》った。何人かが倒れ、号泣《ごうきゅう》する者までいる。

「本日はみなさんに、私という人間をよく理解していただくため、しち面倒くさい自己紹介の代わりに、ひとつ魅力的な芸をお見せしたいと思います」

ぴん、と来たのは、せつらだけだったかもしれない。

外谷は足下《あしもと》から、確かに場違いな品を取り上げて見せた。丼《どんぶり》だ。箸《はし》もある。

「これには、かけうどんが入ってます。それをこれから平らげてご覧にいれます、ぶぅ」

「何だ、そりゃ？　一杯丸ごとひと口で呑《の》み込むって？」

せつらの背後からの声に、人々はどよめいた。反対者もいると気づいたのだ。

「とんでもない、ぶぅ！」

外谷は断固として首をふった。

「箸でうどんを持ち上げ、鼻から食べて、お尻から」

「殺せえ！」

閻魔《えんま》大王のごとき絶叫が迸《ほとばし》った。

第五章　影歩《あゆ》む票《ひょう》田《でん》

1

絶叫の主《ぬし》は、明らかにやくざと思《おぼ》しい顔つき身体《からだ》つき雰囲気の一団であった。

　せつらは、少し同感と思いながら、外谷の様子を窺《うかが》った。反発されて、選挙のためと我慢する女ではない。

　銃声が轟《とどろ》いた。やくざどもがＨ＆Ｋ《ヘッケラー・アンド・コック》やステヤーの短機関銃《SMG》を乱射したのである。

　陽光の下をピンクの火線が閃《ひらめ》き、鮮《あざ》やかな一列を成して黄金《こがね》色の空薬莢《からやっきょう》が躍《おど》る。作動がうまくいっている証拠だ。

　驚きの声くらいで伏せたのは〈区民〉で、悲鳴を迸《ほとばし》らせながら右往左往したのは観光客である。せつらは立ったままだ。

「ひええ」

　と叫んで身を屈《かが》めた外谷を、左右から風防形《フード》の防弾ガラスがカバーした。選挙演説用の自動防弾盾《たて》である。弾丸は火花を散らし、ことごとく撥《は》ね返された。跳弾《ちょうだん》を食らった人々が血しぶきを上げてのたうち廻《まわ》る。

　奇怪な事態が生じた。

　ＳＭＧの発射音が唐突に熄《や》んだ。やくざたちが呆《ぼう》然《ぜん》と武器を見つめる。手の先に武器はなかった。いや、手そのものが、芸術としかいえぬ斬断面《ざんだんめん》を名残《なごり》に、地に落ちていたのである。

　鮮血と苦鳴《くめい》が奔騰《ほんとう》した。

「ずらかれ！」

　誰かが叫ぶや、血の帯を引きながら後方のリムジンへと走る。射撃中の残忍な笑《え》みは、圧倒的な死の恐怖に食い潰《つぶ》されていた。

　狂気じみた急発進の響きをよそに、せつらは穴だらけの選挙カーに歩み寄った。

　透明なガラス盾の向こうで、外谷はへたり込んでいたが、殆《ほとん》ど完全な球体なので、はた目にはよくわからない。

両脇に運動員が二人倒れていた。片方は肩を押さえただけだが、もうひとりの胸には数個の血の染《し》みが広がりつつあった。呼吸《いき》もない。運転手が必死に、〈新宿駅〉の中央口で射《う》たれた、と携帯に向かっているが、すでにパトカーのサイレンが近づきつつあった。

「無事だね？」

せつらはのんびりと訊《き》いた。この女情報屋が無事でないわけがない。弾丸を食らってもだ。その前に弾丸のほうが逃げ出すに決まっている。

「何とか、ぶう」

よっこらしょと起き上がっても、球体にいきなり眼鼻がついたとしか思えない。便宜《べんぎ》的に、手足が出てくるのではないかと、知り合いの間で話題になったこともある。

「心当たりは？」

訊いてから、莫迦《ばか》なことをと自分を責めた。

「山ほど」

思ったとおりの答えを返して、外谷は惨状を眺《なが》めた。

血の池が出現した広場のあちこちで、〈救命車〉の看護師や医師たちが救命作業を施《ほどこ》し、切断された手首の始末に追われている。

警官が近づいて来たのを見て、せつらは身を翻《ひるがえ》した。

「何処《どこ》へ行くのだ、ぶう？」

血まみれの現場に、興奮を隠せない外谷が訊いた。

「内緒だ」

せつらは、〈大ガード〉の方へと歩き出し、数歩でふり返った。

「選挙違反でパクられないように。街頭演説は明日からだ」

「むう」

とは言ったものの、この女が知らないわけはない。百も承知でやらかしたのは、世間を舐《な》めている証拠というより、人間性の問題であろう。違反も逮捕もへいへの河童《かっぱ》なのだ。

せつらの顔を見るや、広い治療室を埋めた患者と付き添いのゴロツキたちは、恍惚《こうこつ》となった。付き添いはともかく、両手首を断《た》たれた連中までが我を忘れたのは、奇蹟《きせき》としか言いようがない。

それでも、かろうじて、

「——何だ、てめえは？」

と訊いた奴《やつ》がいたのは、こっちも奇蹟である。

〈大久保二丁目〉にある「甲斐《かい》医院」は、ゴロツキ専門の救急指定病院として有名だが、両手首がないのが一〇人近く押しかけて来ては、さすがに煮えくり返る大騒ぎで、医者も治療マシンも大わらわの大奮闘の最中であった。せつらの訪問は、勿論《もちろん》、数人に巻きつけておいた妖糸《ようし》の導《みちび》きによるものだ。

「どちらの組の方？」

とせつらは訊いた。負傷者たちは真っすぐここへ急行したのである。

「てめえ——」

ヘナヘナと崩れ落ちそうな状態を、かろうじて気迫で持ちこたえている負傷者を指さし、

「その手は僕が」

自分を指さした。

「て、てめえ——⁉」

眼を剝《む》いた負傷者は、たちまち凍結した。

「この野郎！」

付き添いが何人か拳銃《けんじゅう》を抜こうとしたが、せつらと眼が合っただけで、頰《ほお》を朱《しゅ》に染める状態だから、ろくに狙《ねら》いも定めぬうちに、こちらも見えない糸で縛《しば》り上げられてしまった。

「どちら？」

訊かれてもすぐに答えないのは、意地よりも美しさに魅《み》せられたせいかもしれない。

みるみる土気《つちけ》色に変わる患者たちに慌《あわ》てたか、

「『昇虎会《しようこかい》』だ」

と叫んだのは、治療中の医師のひとりであった。

「どーも」

と背を向けたせつらの背後で、やくざたちは次々に崩れ落ちた。


「昇虎会」は〈新宿〉でも古参の暴力団で、資金源は〈区外〉への〝輸出品〟の横流しと販売だと言われている。九十近い組長がなお健在で、長男が先に死亡、六十半《なか》ばの次男が後釜《あとがま》を狙っているものの、爺《じい》さんはなお意気軒昂《いきけんこう》で、このままでは次男も先に、ともっぱらの評判だ。

〈東五軒町〉の自宅を訪れた。

組員が出て来て、会えねえよ、と凄《すご》んだが、たちまち凍りつき、次から次へと駆けつけた連中がその後に続く中を、せつらは奥の間に入った。〝探《さぐ》り糸〟が在宅を保証している。

「あれっ？」

と洩《も》らしたのは、ドアの前まで来たときだ。糸の手応《てごた》えが不意に消失したのである。

広い和室に豪華な寝具が用意されていたが、当人の姿だけが見えなかった。

数秒前まで横になって――姿勢までせつらにはわかっていた――いたものが、忽然《こつぜん》と消滅してしまったのだ。

玄関へ戻って、片腕らしい背広姿に、

「よく消えるの？」

と訊いたが、

「消えた？　てめえ何しやがった？」

とキレられた。

「魔法に凝《こ》ってた？」

「聞いたこともねえよ」

「今日の襲撃の指揮を執《と》ったのは？」

「そら、組長だ」

「依頼人は？」

「うちはみんな組長決定だ。俺たちは言われたことをするだけだ。誰も知らねえよ」

嘘《うそ》でないのは、せつらがいちばんわかっている。

「うーむ」

腕組みする姿を、地獄の苦痛に苛《さいな》まれた背広姿が、恍惚と眺めていた。


次にせつらが現われたのは、意外な場所であった。

用件を聞くと、トンブ・ヌーレンブルクは、外谷にそっくりの丸顔を、やや緊張させて、

「消えちまったのは〝消失術〟だろうが、なら、あんたが先にやられるはずだね。何か自分が現実の存在じゃないと感じたことはないかね？」

「皆無《かいむ》」

「ふーむ、あんたには強力な護法《ごほう》がかけられているから、わからないんだろうが、それとは別に——この頃、誰かに会おうとして会えなかったことはないかい？　あと少しってところで逃げられたことは？」

「それはある」

「しょっ中かい？」

「結構あるね」

トンブは、ふーむと太い腕を組んだ。

「単なる〝消失術〟でも凄いけど。間一髪《かんいっぱつ》のすれ違いとなると、相当の術者でなきゃ使えない技だわさ。まして両方を——って、こりゃ無理だ。あたしも姉さんも使ったことはない。試しても成功したかどうか」

「そんなに凄い魔法使いが絡《から》んでるんだ」

とせつら。だからどうした、という口調ではまるでない。

トンブは沈黙した。

「こんな技を使いこなせるのは悪魔系の魔道士だけだわさ。それもかなりの大物だよ。いくらあんたでも用心おし」

トンブは、よっこらしょと椅子《いす》から立ち上がり、

のっしのっしと廊下の奥へと消えた。

外谷と会いっぱなしのような気がして、せつらがぼんやり状態にいると、重い揺《ゆ》れがやって来た。家がきしむ。

さらに少し経《た》つと、濃紺《のうこん》のサテン・ドレスに金髪をちりばめた娘がステップを踏むようにやって来た。人形娘であった。

可憐《かれん》な花のような笑顔は無論、せつら用のものだ。それが、少し困ったふうに、

「トンブさまが引っくり返ってしまわれました」

と言った。

「どうかした？」

「泡を吹いておられるので、余程《よほど》のショックを受けたと思しゅうございます。太り過ぎのせいもありますが、これは攻撃魔法によるものかと」

「魔法でトンブ・ヌーレンブルクを？」

せつらは茫洋《ぼうよう》と訊《たず》ねた。つられて相手も切迫《せっぱく》感を失う。


「はい。そのとおりです」

魔法界では、天地を揺るがす大事件だが、誰の耳にも猫が魚を盗んだレベルの話にしか聞こえまい。チェコ第二——世界第二の魔道士を斃《たお》せる人間は、すなわち世界一に限られるからだ。トンブ自身の姉ガレーン・ヌーレンブルクのことだと、〈新宿〉の全〈区民〉が認めている。

大魔道士に匹敵《ひってき》する力の主が、トンブに挑んだのだ。

それが、せつらの敵であった。

「これを」

人形娘が、首にかけられていた緑色のネックレスを外して、せつらに差し出した。刺草《いらくさ》を編んだものだ。

「トンブさまが苦しい息の下から、あなたにお渡ししろと。魔除《まよ》けだそうですわ」

「はあ」

鋭い葉先の草を粗《あら》っぽく繋《つな》げた品は、いかにも即

製の感は否《いな》めず、力の入れ方を間違えただけで分解してしまいそうだ。古来、その蟻酸《ぎさん》を含む棘《とげ》の痛みから、魔法薬としても名高く、転じて魔除けとしての効果も絶大とされる。トンブ・ヌーレンブルクを倒した魔道士に対するには、余りにも即製粗雑《そざつ》な作りものとしか見えない。しかし、人形娘は嬉々《きき》として、手ずからせつらの頭に被《かぶ》せたのである。

「よくお似合いですわ」

光る花のような笑顔が、せつらの瞳を彩《いろど》った。

「――トンブさま入魂のお品です。きっとあなたを守ってくださいます。それに――」

「は？」

「いえ――何でも」

「ありがとう。お大事に、と伝えて」

「はい」

相談料を置いて、せつらは去った。ドアが閉まってから少しして、人形娘は固い頬に手を当て、私の思いがこもっていますなどと胸の中で言っても、この頬は赤くならないから助かるわ、と思った。

2

ぶらぶらと〈高田馬場駅《たかだのばば》〉の方へ向かう途中で、携帯が鳴った。

「私だ」

メフィストである。

「何処で何をしている？」

とせつら。

「どうやら、囚《とら》われの身らしい」

「ふうん」

あまり興味があるとは思えない応答である。

「犯人は誰だ？」

急に声が変わった。別人が出たのだ。

「私は浅黄《あさぎ》というものです。神に仕《つか》えております」

まだ若い――といっても四十代だろう。とてもそんな職業に従事しているとは思えない、親父《おやじ》の口調

だった。ひと呼吸置いて、せつらは、

「サタン？」

と訊いた。茫洋たる声のせいで、言われたほうも衝撃を受けるとは思えないが、とんでもない内容であった。浅黄 某《なにがし》は平然と、

「そうとも言いますな。いずれお目通りが叶《かな》うかもしれませんが、今は私の相手をしてもらいます」

「責任者以外とは話したくないな」

「神が下々《しもじも》の者と気安く話し合うと思いますか？」

「いいや」

この辺は妙に付き合いがいい。

「神のご意向は私が伝えます。ドクター・メフィストの生命《いのち》が惜《お》しければ、こちらの指定する場所へいらっしゃい」

「惜しくないけど」

「な、何を言う⁉」

激しい動揺が伝わって来た。本物のショック症状である。どう考えても、肝《きも》が据《す》わっていない。


「この医師は、自分を、あ、あなたの愛人と明言しましたぞ！　自分が危険な目に遭《あ》えば、彼は生命も捨ててくれる――私はそれに打たれて、電話をかけている次第です」

「サタンの使いが、藪《やぶ》医者の口から出まかせに騙《だま》されるな」

「そんな筈《はず》はない。ドクターの誠実さは疑うべくもないですぞ」

電話の向こうで汗の湯気に包まれたおっさんの姿が見えるような声である。

「誠実？――患者には、ね。あとは嘘八百で出来てるけど」

そんな筈はない、と浅黄は繰り返した。

「彼はメフィストだ。サタンの使徒《しと》の名だ。私に嘘を言う筈はない」

「そっちは人間。相手にされてないんじゃ？」

「そんな――」

「どうやってメフィストを脅した？」

せつらがいちばん気になったところである。天地が裂《さ》けてもあり得ない事態だった。本心では、それこそ頭から嘘八百と思っている。

「簡単なことです。病院を患者ごと別次元へとばす、と」

「嘘八百だ」

そんな脅しが通用する玉ではない。しかし、

「本当だ」

この声は――メフィストだ。本物だ。本能がそう伝えた。

「今回は少々相手が悪い。現実にやりかねん」

「おまえ、本物か？」

つい訊いてしまった。

「君ならわかるはずだ」

「うー」

右手をかざしたが、見える筈もない。

また声が変わった。

「では――時間と場所を伝える」


明日の正午、〈旧大江戸線都庁前駅《おおえどせんとちょうまええき》〉のホームだと浅黄の声は告げた。

もう一度、メフィストに戻って、

「すまんが、よろしく頼む」


せつらは〈四谷三丁目〉の交差点を〈曙橋《あけぼのばし》〉方面へと折れたビルの玄関を入った。「四谷新興《しんこう》ビル」とプレートが付いている。入って右側の掲示板には、尋常《じんじょう》な会社の名前が並んでいた。会社の名前というのは、大概《たいがい》尋常である。

その中のひとつ、「大平和《だいへいわ》総業」が携帯の発信者用GPSが示した目的地であった。悪魔崇拝《すうはい》者の隠れ蓑《みの》に違いない。

〝探り糸〟が走った。

蛇のように階段を上がり、床を這《は》い、ドアの隙間《すきま》から忍び入る。

「あれ？」

六〇坪ほどのスペースに、メフィストの姿はなか

った。電話のあと、すぐに移動させられたものと見える。

　残りは事務員らしいのが五、六人。おかしなことに、どいつもまともな顔と雰囲気のリーマンだ。パソコンに向かって黙々と仕事に励《はげ》んでいる。

　五分ほど待って、せつらはビルを出た。

　メフィストの身柄を確保しない限り、ちょっかいを出すのは危険だ。

「しかし、面白いことになってきた」

　バス停の方へ歩いていると、

「ちょっと、お兄さん」

　色っぽい女の声が、背後からかかった。

「ね、ディープしてあげる。だから、今度の〈区長〉選――虹垣竜斎に入れてよ」

　ディープ・キスの意味だろう。

　せつらはふり向いた。ボディコンの胸元から豊かな乳房の半分も露呈した娘であった。ミニスカは言うまでもない。道端《みちばた》での舌絡《したから》めだけでも、誰だってOKしてしまうに違いない。しかし、今度は相手が悪かった。

「やだね」

　せつらの声に虚《うつ》ろにうなずいたのは、サングラスのせいだ。肉眼なら反応もできない。

　何でもOKは娘のほうであった。

　すでに通行人に魂《たましい》なき人形が出始めている。せつらは放置して歩き出した。娘は丸一日、他の連中は距離を考えて半日で元に戻るだろう。

〈新宿駅西口〉行きのバスが来た。席は空《あ》いていない。立ち客でいっぱいだ。

　ピン、と来た。周囲の客がみな虚ろな表情――さっきの娘と同じだ。

　ドアが閉じるや、背後から誰かが腕を摑《つか》んで来た。

「ね、次の〈区長〉選だけど――真郷長臨に入れてくれない？」

熱い女の声である。

「違反だよ」

「他のお客はみいんなＯＫしてくれたわよ。こっち向いて。いいことをしてあげる」

「いいの？」

「勿論よ」

せつらはふり向いた。さっきの娘並みの艶然《えんぜん》たる美貌《びぼう》は、こいつも籠絡《ろうらく》してみせるという自信に満ちていた。虹色の瞳――催眠術である。

次のバス停で、せつらは降りた。

「堪《たま》ったもんじゃない」

と言ってから歩き出したが、堪ったものではないのは、勧誘員のほうだったかもしれない。

ただひとりまともな運転手を乗せたバスの中で、乗客は揃《そろ》って術にかかったような虚ろな眼差《まなざ》しを前方に据えているのだった。

せつらはタクシーに乗った。おかしな勧誘は、とりあえず間に合っている。

運転手はサングラスをかけていた。

「どちらまで？」

「〈都庁前駅〉」

「へい」

走り出してすぐ、

「ところで、お客さん――いい娘《こ》いるんですがね」

と来た。

「いやあ、実にいい男だね、あんた。女の子も喜ぶよ。スクリーン見てよ」

助手席の背もたれの後ろに、小さなＴＶスクリーンが輝いている。〈新宿ＴＶ〉のニュース・スポットが二四時間流れっ放しの、〈区民〉にはありがたい情報提供システムである。さっきから、〈東五軒町〉で起こった一家八人連続殺人の現場中継を流していた。

突然、画面が色っぽい熟女に化けた。ぎりぎりで乳首をカバーした裸身は、ニュースより衝撃的であった。

女は、うふんと紅《あか》いルージュを塗った唇を突き出し、

「あたしでよかったら、右の赤いボタンを押して。時間と場所を指定します。その代わり、今度の〈区長〉選――朝銅鑼湾丹《あさどらわんたん》に一票。よ・ろ・し・く」

投げキッスを送って画面は殺人現場に戻った。

「これ誰？」

せつらの問いに、

「へへへ、すんませんねえ、うちの女房です」

「お若い」

運転手はどう見ても六十近く、投げキッスの主はアラサーの初めくらい。三十は違う。

「いやあ、柄《がら》にもなく若いの貰《もら》っちまって。まだ、家庭に納まりたくないって言うもんですからね。それで、こんなバイトを。よかったら一票入れてやってくださいな。その代わり大サービスしますぜ」

この街らしい選挙関係者の連続だった。せつらは応じず、〈都庁前駅〉で降りた。

「どいつもこいつも」

ぼんやりと吐き捨てながら、〈駅〉の方へ歩き出すと、一〇メートルと行かないうちに、

「お兄さん」

得体《えたい》の知れない圧力が声をかけて来た。

「まさか」

「ちょっと――寄ってかない？」

「何処へ？」

「ふふふ、いいとこ」

「客引き」

せつらはふり向いた。

「あーっ⁉」

と指さしたのは、まぎれもない外谷であった。顔中を口にして、

「何をしているのだ。こんなところで⁉」

と喚《わめ》く。

「歩いてただけ」

「むう」

「何をしている、こんなところで？」

これはせつらの問いである。

「運動だ、ぶう」

「何の運動だ？　ラジオ体操か？　しかし――なぜ運動員を使わない？」

「勿体《もったい》ないのだ」

「どケチ」

「しっかりした金銭感覚の持ち主である少し太った女性、と言って欲しいのだ」

「少しを取れ。でなきゃ死んでも言わない」

「ふん。へらず口を叩《たた》けるのも今のうちだ。おまえはじき、あたしのために動き出すのだ」

「そうはいくか。選挙期間中は一歩も家の外へ出ないか、〈区外〉へ行ってやる」

「ふーっふっふっふ。そんなことができると思うか？　おまえはすでにあたしのものなのだ。今日これから、ＨＰ《ホームページ》とツイッターで宣言してやるのだ、ぶう」

「ハムになりたいのか？　それとも焼豚《チャーシュー》がいいか？」

「むむむ、候補者を脅《おど》したな。選管に訴えたら即、ムショだぞ」

「僕はおまえの推薦者だ。選管は乗り出して来ない」

「むう」

外谷はタジタジとなった。完璧なつもりが何処か抜けている。この女が持つ唯一《ゆいいつ》の救いだ。

せつらが訊いた。

「いつからこんな真似《まね》をしてる？」

「さっきからだ。おまえで一〇人目だ」

「他の九人はついて来たか？」

「何故《なぜ》かみな、急用を思い出したのだ」

「いいとこって何処だ？」

「ふっふっふ」

「そういえば、この辺《あた》りに一軒、『ヒューマニズム』

ってラブホがあった。そうだな？」

「ふーっふっふっふ」

「何が人間主義だ。選管へ連絡するぞ、帰れ！」

外谷はまたタジタジとなり、

「それより、おまえは何処へ行く？」

のひとことで持ち直した。

「メフィスト捜《さが》しだ」

「え？」

「誘拐されたらしい」

「えーっ⁉」

歩道を詰まらせているでぶが跳び上がったので、やむをえず車道を歩いていた通行人たちはのけぞり、落下の衝撃に堪《た》えられずにつんのめった。

「あいつもあたしのものなのだぞ。許さん。何処のどいつだ。勝手な真似しやがって」

「正体不明だ。これから捜しに行く」

「むう、当てがあるのか？」

「ちょびっと」

「なら、あたしも同行するのだ」

せつらは沈黙した。恐ろしい沈黙だった。何故か、タクシーで見た殺人現場が浮かんだ。

「断わる」

と言うまで何秒かかかった。

「そうはいかないのだ。嫌でもついていく。借金の件を忘れるな」

せつらは天を仰《あお》いだ。借りた覚えのない金が災いをもたらそうとしている。

この数秒間、せつらの脳内でいかなる思考が渦巻き交錯《こうさく》したかはわからない。

とにかく、

「いいよ」

と答えた。

外谷は、うむとうなずいた。

せつらは、〈都庁前駅〉の方へ顎《あご》をしゃくって、

「あっち」

と言った。

「よいしょ」

アスファルトの歩道が揺れた。

「なぜ、四股《しこ》を踏む？」

「景気づけだ、ぶう」

何が来ても怖くない、と思った。

せつらは先に立って歩き出した。

3

〈旧大江戸線都庁前駅〉は、目下《もっか》、廃止され、構内はホームレスや妖物《ようぶつ》の溜《た》まり場《ば》と化している。

「こんなところにメフィストを閉じ込めているのか？　呪《のろ》われるぞ、ぶう」

外谷の言い分はもっともだ。

破られた封鎖線《テープ》と鉄条網を抜けて地下ホームに下りると、異様な臭いが二人を襲った。

あちこちにホームレスらしい人影が横たわっている。中には快適な生活を求める者もいるらしく、天井にはコードを渡し、照明《ライト》が闇を白く染めている。

異臭の因《もと》はホームレスと、妖物の体臭だ。

「おまえは、あたしより確かな情報網を持っているのではないのか？」

外谷の言葉に、せつらは、

「盗聴装置」

と答えた。

一〇〇〇分の一ミクロン——もはや重ささえ持たないチタン鋼の糸が、「大平和総業」の社員たちの会話をせつらに伝えたとは、太った女情報屋の知る由《よし》もないことであった。


「社長、何処かな？」

「また、あそこだよ、〈都庁前駅〉のホーム」

「あのドクターと？」

「多分ね」


「あそこだ」

せつらは指さした。ホームの中程《なかほど》にプレハブの小屋が建ち、窓ガラスが天井よりまばゆい光を洩らしている。〈魔震《デビル・クエイク》〉の後で復旧作業に使われ放置されたものを、修理したのだった。

せつらは地上と変わらず、滑《すべ》るように歩き、外谷は四方を窺《うかが》いつつ、おずおずとついて来る。

そのとき、プレハブの電気が消えた。

「んー？」

外谷の眼が細まったところへ、引き戸をがたぴしと開けて、中年の男が顔を出した。

顔立ちといい、灰色の作業服とズボンといい、どう見ても田舎《いなか》の土建屋だ。

せつらを見るや、あっ、と放《はな》ってよろめいた。

もうひとり、あっと叫んだ者がいる。外谷良子であった。

「おまえは浅黄透《とおる》――まさかと思ったら、やっぱり――ぶう。あたしひとりのために粉骨砕身《ふんこつさいしん》、死んでも当選させますとぬかした口で、よくも妨害行為を――誰に頼まれたのだ、ぶう？」

どうやら、最初は外谷とつるんでいたらしい。怒り狂う外谷へ、浅黄社長は、やぶれかぶれの笑みを広げた。

「残念ですが、もっといい儲《もう》け口《ぐち》が舞い込みましてねえ。しかし、よくここがわかったもんだ。情報屋と人捜し屋――どちらも〈新宿一〉じゃ仕様がねえか」

「メフィストは何処にいる？」

せつらが訊いた。小屋の中は蛻《もぬけ》の殻《から》であった。

「しかし、遅かったですな」

と、おっさんは、見てくれには到底《とうてい》合わない言葉遣《づか》いをした。

「お目当てのドクターは、すでに別の場所におります。ここはいわば、そこへ送り込むための場所でして」

「何処へ行った？」

外谷が訊いた。歯を剝いている。二大後ろ盾の片方が消えたのだから、大事《おおごと》である。

「言えませんね」

「むう、ぺしゃんこになりたいか？」

外谷の両眼は怒りと、眼前の男を尻の下敷きにして、ぐりぐりと揺すって身体中の骨をバラバラにし、内臓をすり潰す苦痛を与える歓《よろこ》びに燃えていた。

「それも真《ま》っ平《ぴら》です。私はここで失礼しますよ、おい」

せつらたちの周囲で気配が動いた。ホームレスたちが立ち上がったのである。

「〝眠り男《ツェザーレ》〟か」

とせつらは慌てるふうもない。外谷も同じだ。本来は〈新宿〉特有の〝誘導虫〟――人体に侵入して脳を支配し、自在に犠牲者を操《あやつ》る虫――に憑《つ》かれた連中を指す言葉だが、呪術《じゅじゅつ》や他の原因で勝手にうろつき廻る死者も指す。この場合は浅黄の命令に従うらしいから、確かに〝ツェザーレ〟と呼べるだろう。いつの間にか、〈都庁前駅〉のホームレスたちは、生ける死者に変貌させられていたのだった。

「私のための護衛です。こしらえてくだすったのは、私の神です。いくら〈新宿〉代表のあなた方でも、ちょっとやそっとでは勝てませんぞ」

「うるさい、ぶう」

外谷が地を蹴《け》った。信じ難い速度で浅黄へ突進する――その途中でくるりと、背を、いや、尻を向けた。

呆然と立ちすくむ浅黄が吹っとぶ――と見えた寸前、二つの影が左右から割って入った。ホームレス――〝ツェザーレ〟だ。

そいつらが外谷の尻の下敷きになる間に、浅黄はホームの彼方《かなた》へと走り出し――一〇歩と行かないうちに停止した。見えない糸に捕縛《ほばく》されたのである。

激痛に呆《ほう》けた表情が、不意に笑った。

糸が断たれたと、指先が伝えた。せつらが第二の妖糸を放つ前に、浅黄は走り出し、追いすがる糸は

ことごとく未知なる刃《やいば》に切断されてしまった。

こいつめ、とぶうの声が、せつらをふり向かせた。

四人の〝ツェザーレ〟が外谷を取り囲んでいた。周囲に横たわる仲間の死体が、せつらを感心させた。どれも頭を潰されている。外谷の尻でぶっ倒され、地上に激突した衝撃の結果だ。外谷の呼吸に乱れはない。

だが。

外谷が、むうと唸《うな》った。頭部を粉砕《ふんさい》された死者たちが、ぬうと起き上がったのだ。外谷を囲む影は、みるみる二倍、三倍と増産されていく。

ひとりが外谷の背後から跳びつき、尻に嚙《か》みついた。

「ぐええ」

悲鳴が上がった。そいつからだ。凄《すさ》まじい嘔吐《おうと》症状を示しながら、倒れて全身を痙攣《けいれん》させる。二秒で大人しくなった。いったい何を食らったのか？　外谷の肉だ。

「ふっふっふ」

外谷は嚙みつかれたところを撫《な》でながら、不気味に笑った。

「あたしを、ただの美味《うま》そうなでぶだと思った報《むく》いだ」

ぽんと手を叩いて、

「使えるわ。ゾンビに嚙まれても平気なタフネスの女――これよ、これ」

「〝ゾンビも食わないでぶ〟」

外谷が、なにさとせつらを睨《にら》みつけた瞬間、左右から躍りかかった〝ツェザーレ〟たちの全身が数個の肉塊に分断されて地に落ちた。

「大したものだ、ぶう」

さすがに感嘆《かんたん》するのへ、

「いつ毒を飲んだ？」

とせつら。

「内緒だ、ぶう」

「〝毒医師〟か？」

「そうなのだ」

〈新宿〉の隠れた名物に、人体に抗毒素を注入して、毒殺を防ぐという医師の〝アルバイト〟がある。毒蛇、毒虫からウイルスに至るまで効果があるという触《ふ》れ込みだが、最も凄いのが〝毒には毒〟――血そのものを猛毒に変えてしまえば、他の毒などへいちゃらという処理だ。

いわゆる〝毒人間〟が出来上がるわけで、必要とあれば、その汗も吐息にも毒性を含ませ、しかも甘い香りで眼をくらませるという芸当も可能だから、美男美女に施《ほどこ》して敵の要人に送り出せば、殺人兵器としても使える。〝ラパチーニの娘〟の〈新宿〉版だ。

「殺人兵器」

どこかしみじみとしたせつらのつぶやきに、

「何か？」

不平面《づら》した外谷も、すぐにひえ、と息を呑《の》んだ。


肉塊と化した〝ツェザーレ〟たちの手足が動き続けているではないか。いや、その顔たちもカチカチと歯を鳴らし、飢餓《きが》を訴えている。爪先《つまさき》と指を床に立てて前進しようとあがく四肢《しし》の姿は悪夢そのものだった。

「まだ生きているぞ、ぶう」

「じゃ、も少し」

手足も胴も首も、また二つずつになった。

それでも――

「まだだわ。とんでもない魔力がかかっているのだな」

「警察に連絡する。焼いてもらおう」

「それしかないな、ぶう」

外谷も同意して、近づいて来た手首から先を、ふんと踏み潰した。

「まだ、あれが」

せつらは浅黄の出て来た小屋を指さした。

「探検、ぶう」

外谷が右腕をふり廻した。

プラスチックのドアを開けると、嗅《か》ぎ慣れた臭いが鼻を衝《つ》いた。血臭《けっしゅう》だ。

前方——小屋の突き当たりに祭壇らしきものがそびえていた。

巨大な逆十字である。逆さまのイエス像が虚ろな眼をこちらに向けて、違うと訴えているようだ。

壇の前のテーブルに置かれた黄金の 盃《さかずき》 の口から、赤黒いものが盛り上がっている。血臭の元はこれだ。

外谷がくんくんと鼻を鳴らして、

「赤ん坊と幼児の血だわ。とんでもないことをするな、ぶう」

と言った。

せつらは床の魔法陣に眼をやって、

「見たことある?」

「いんや」

外谷は首を横にふった。

「えらく精巧《せいこう》な描きっぷりなのだ。これならひょっとして——」

「喚《よ》び出せる?」

「ふむ」

外谷は腕組みした。

せつらは、ふーんと洩らした。情報収集の秘密はこれだと納得したのである。

「やってみるのだ、ぶう」

ぶうに力がこもった。

「親玉の顔を見て、直接脅してくれる」

「選挙——やめたら?」

せつらの声に真実が少し入った。このでぶに、まともな選挙などできると思えなかったのだ。

何をしでかすのかと思ったら、外谷は魔法陣の中央に立って、いきなり右手の小指の先を嚙み切った。

「いーってててて」

深く嚙み過ぎたらしく、ぴょんぴょん跳び廻る。

意外と身が軽いのか、小屋は揺れなかった。

　最後に、

「でん」

　と着地してから、小指を盃の上にかざした。

　したたる血が赤い波紋を描く。

　その間に何やらつぶやき始めたのは、せつらも知らぬ呪文《じゅもん》に違いない。

　しかし、

「何それ？」

　せつらが声をかけた。

「むう。邪魔をするな」

　外谷は露骨に不満顔をこしらえて、せつらを睨みつけた。

「当選させろ当選させろって、呪文じゃなくて祈願だろう」

「むむむ」

「させないと神さまに言いつけるぞって――悪魔を脅してどうするんだ？」

「うるさい、ぶう」

　と叫んで、外谷は両手を頭上でふり廻しながら、魔法陣の上を廻り出した。

　今度はシュプレヒコールではなかった。まさしく得体の知れぬ呪文であった。

「あれ？」

　せつらが眼を細めた。

　盃が震え出しているではないか。縁《ふち》から血が溢《あふ》れ、したたり、壇の上を不気味に染めた。

　何かが空中へ立ち昇り始めるのに、五秒とかからなかった。

　それは空中で霞《かすみ》のような形を取り、激しく渦を巻き始めた。

　いや、それは狭い小屋の天井ではなかった。〈都庁前駅〉のスケールさえ超える、巨大な空間に生じた混沌《こんとん》であった。

　祭壇がぐんぐん遠ざかっていく。

　外谷はなお踊り狂っている。

「来た」

とせつらがつぶやいた。

渦巻くものは下降しつつあった。

あらゆる光が絶えた。

その絶対の暗黒の中で、

「あれ、おまえは!?」

誰も聞いたことのない、せつらの驚愕《きょうがく》の声が走った。

何を見た？

それから、何が起こるのか？

永劫《えいごう》の分厚《ぶあつ》い闇の中で。

第六章　支持者の名は？

1

せつらから電話を受けて、古賀雄市が駆けつけたのは、〈都庁前駅〉近くのシティ・ホテル「ビールジー」だった。

ダブル・ベッドの上に大の字になった外谷は、ぶうぶうと大鼾《おおいびき》をかくばかりで身じろぎひとつしない。

「ちょっと、大丈夫ですか、新〈区長〉？　これからが本番ですよ。しっかりしてください。選挙カーの用意もしました。選挙ガールも手配できました。あとはあなたの演説だけあればいいのです。選挙カーの上からひとこと、ぶうと叫べば、道行く選挙民はあなたの下僕《げぼく》です」

「ぶう」

「え？」

古賀がふり向いたのは、あまりにも迫力に乏《とぼ》しいそれが、自分の眼が届かぬ部屋の奥から聞こえたからだ。

せつらが腰を下ろしていた。

「驚いた。僕は動物なみに勘《かん》がいいと言われるのですが、全く眼に入らなかったし、気配も感じなかった。何をしたんです？」

「何も」

「へえ」

古賀はもう恍惚《こうこつ》に身を浸《ひた》している。サングラス付きでもこうだ。

何とかせつらから眼を離し、

「外谷さんはどうしたんですか？」

と大の字を指さした。

「眠ってる」

「そりゃわかってます。何があったんですか？」

ここで、何か思いついたように、

「そういえば、あなたもおかしい。前と違う」

「どう違う？」

「何か――影が薄い。そうか、それでわからなかったんだ」

古賀は両手を打ち合わせて新発見を祝った。それから、急に気がついて、

「何があったんです?」

と呻《うめ》いた。

「見た」

せつらの声はいつもと変わらない。しかし、古賀は青ざめた。呼吸を詰め、疑惑の診断結果を聞く寸前のように、

「――何を?」

返事はない。代わりに、

「〈新宿〉に詳《くわ》しい?」

と訊《き》いた。

「そりゃあ、もう。外谷さんほどじゃないけど、これでも、もと情報屋です」

「ボクサーじゃなかったのかな?」

「どっちもです」

「多芸多才」

「それほどでも」

古賀は頭を掻《か》いた。どう見ても手のほうが長い。走るときは、それも使うのだろう。

「真郷長臨って知ってるかな?」

「それはもう。〈新大久保〉出身の人形師ですね。凄《すご》い腕前ですよ」

「凄い?」

「二年くらい前、彼の工房の近くでは、死人《しびと》がうろついていると評判になりました。それはみんな、近所の人たちの亡くなった父母や子供たちの人形だったのです」

「それから?」

せつらの関心はそこにあった。

過去に、死者の魂を封じ込めた人形を操《あやつ》り、悪事に使用した人間もいた。純粋な善意から、生者と瓜《うり》二つの機械仕掛けをこしらえた者もいた。

だが、最初は死者の復活を歓喜とともに受け入れ

た人々も、じきにおぞましさを増幅させることになった。たとえ〈新宿〉でも、死者は甦《よみがえ》らないものなのだ。まともな形では。みな、それを感じたのだ。

「それから——うまくいきましたとも。人形たちはみな、もとの家で家族たちと一緒に暮らしています」

「へえ。それは本物——かもしれない」

せつらにしては素直な感嘆《かんたん》であった。知らないところで、ありえない現象が生じている。〈新宿〉の申し子としては、忸怩《じくじ》たるものがあるだろう。

「ですから、今回の〈区長〉選では一番の強敵といえます。彼の人形で家族を取り戻した人々が後ろ盾《だて》になるのは、間違いありません」

せつらは内心同意した。

彼が知らないくらいだ。人形と暮らす家族たちの数はさして多くはあるまい。だが、彼らがそれを近隣の人々に伝えれば、人形という現実がある限り、人々は輝く過去を再現させてくれた人物に〝力〟を与えようとするだろう。

「これは強い」

「全くです。ですから、外谷さんは——」

「？」

ゴリラ男は慌てて口を押さえ、

「極秘事項です。外谷さんの了解を取らないとお話しできません」

とささやいた。

「大体、わかった」

「え？——それは何ですか？」

「極秘事項」

「うむ」

「虹垣竜斎は？」

「存じておりますとも」

「外谷との関係は？」

「仲はよかったかと」

「仲がよかった？」

「はい。何年か前、ストリップ劇場で知り合って意気投合——何でも、人形を制作してもらったとか」

「外谷の人形を?」

「はい、瓜二つだったと満足しておられました」

「呪《のろ》われるぞ、虹垣」

「滅相《めっそう》もない」

古賀は片手をふった。

せつらはその眼を見つめた。

「あ、あ、あ、あ」

「虹垣と外谷が手を組んだとか?」

〈ぶうぶうパラダイス〉のビデオ映像があった。

「そこまでは——しかし、可能性は否定できません」

「ふーん」

すると、外谷が親しげに外出した相手というのは虹垣ということもありえる。邪魔者たる真郷の足を引っ張るために、相手候補と手を組むくらい、平気でやるだろう。


「選挙参謀」

とせつらは呼びかけた。古賀は胸を張った。頭の中身もある部分が動物なみなのか、おだてに弱い。バナナを見せられたゴリラやチンパンジーと同じだ。

「君の戦術はどうだ?」

「とんでもない。それこそ超極秘事項です」

古賀は不意に正気に戻って叫んだ。

「誰にもしゃべれません。私は口が固いところを外谷さんに見込まれたのです。何もしゃべれません」

「報酬は幾《いく》ら?」

「お教えできません」

「大枚《たいまい》?」

「勿論《もちろん》です」

「一〇〇万単位?」

「イエイ」

Vサインを出した。

「わかった。用が済んだら殺されるぞ」

「信じられませんな」

頑《がん》として受けつけない。せつらに見つめられても我を通せるとは、人間と思えなかった。やはり野獣の血が混じっているらしい。

「私は外谷さんを尊敬しています。心の底から信頼申し上げております。絶対に裏切りません」

「君――生まれは何処《どこ》？」

「東京の銀座《ぎんざ》です」

せつらはまた見つめた。古賀の顔中から汗が噴《ふ》き出した。信念は曲げないが、嘘《うそ》をつき通すのは難しいらしい。苦悩の果てに、

「見つけられたのはアフリカです」

「正直者」

今度は一発で認め、せつらは、こう続けた。

「ゴリラの群れの中から回収されたとか？」

「どうしてわかるんです？」

「いや、その」

「三歳まで、ケニアのマウンテン・ゴリラの群れに育てられたらしいんです。人間世界に戻るとき、悲しかったです」

「やっぱりね」

「何か？」

「いや、狼に育てられた子供は人間に戻れなかったが、ゴリラは別なんだ」

「ほっほっほ」

両手で胸を叩《たた》く――ドラミングだ。つい出るらしい。これなら、〝せつらマジック〟にも、かかりづらいわけだ。

せつらは、ひとつ乗せてみようかと思った。

「あんたの雇い主は、悪魔を見たんだ」

と言った。いきなりだったので、効いた。別の意味でも、だ。

ぎょっとしたゴリラ顔が、

「なら、バラダ教だ」

と歯を剝《む》いた。

せつらにも初耳だ。

「どうしてそう思う？　〈新宿〉の宗派？」

〈魔界都市〉の名に恥じず、〈新宿〉には毎日のようにイカれた宗教団体が創設、廃止、消滅を繰《く》り返している。一日一〇〇団体が誕生しているらしいとの〈区〉のレポートさえあるのだ。

「いや、〈区外〉——アメリカの西海岸に発生した悪魔崇拝の邪教です。アレイスター・クロウリーやサンダー・ラベイなんかともつながっているという——最初はまがいものだと思われてたんですが、どうやら本物だって評判で、世界中に支部が出来、七、八年前に日本にもひとつ」

「クロウリーにサンダー・ラベイ？　片方ならともかく両方の血脈を謳《うた》っているとなると。日本支部は何処？　渋谷《しぶや》とか銀座とか？」

「それが、岩手《いわて》の山の中」

「…………」

「確か謎のピラミッドがあると言われているところです。彼らが支部をこしらえてから、奇怪な火の玉や怪光が何度も目撃されています。それから——地鳴りも」

「喚《よ》び出そうとして、しくじったか。古来、誰が何をやっても成功した例《ためし》がない」

「だから——来たのですよ。呪われた街——〈魔界都市〝新宿〟〉に」

「しかし——失敗した」

「でも、諦《あきら》めてはいません。恐らく、〈新宿〉といえども、あれを招喚《しょうかん》するためには何か特別なものが必要なのです。彼らが〈新宿〉へ来たのは半年前。そして、やっとこの事実に気づきました」

「それで〈区長〉選に？」

「はい。その事実とやらが何なのかはわかりませんが」

恐らく、〈区長〉の席について、手に入るものだ。どうしても遭遇できぬ人形制作師、真郷長臨は、彼らの代表に違いない。

「このままじゃ、外谷は眼を醒《さ》まさない。何とかできそうなのは二人——藪《やぶ》医者とバラダ教の連中だけだ。ひとりは行方《ゆくえ》知れずで、もうひとりは消えた。もっとも、外谷はこのまま寝かせておいたほうがいいような気がするけど」

「何を仰《おつしや》いますか」

古賀はいきなりジャンプを連発した。興奮するとこうなるらしい。

「いま外谷さんが立たなければ、〈新宿〉はおしまいです。延々《えんえん》と続く梶原〈区長〉の圧政に、〈区民〉は飽《あ》き、疲れ果て、怒りの声を上げています。このまま眠らせておくわけにはまいりません」

「けどねえ」

「覚醒させましょう」

古賀は胸をひとつ叩いた。どこまでもゴリラだ。

「どうやって？」

「あなたは〈新宿〉一の——つまり世界一の人捜《さが》し屋だと伺《うかが》いました。そのドクターか、バラダ教の司祭を捜し出してください。拷問《ごうもん》は私がやります」

「正式な依頼？」

「勿論です」

「失礼だけど、費用は？」

「勿論、外谷さんが出します」

「目覚めなかった場合は？」

「私は外谷さんの銀行カードのありかを存じております。ご安心ください」

「わかった。引き受けよう」

そのとき、古賀の胸が携帯の呼び出し音を立てた。

ゴッホと言うかと思ったが、普通にはい、と出た。

その顔がみるみる歓喜に染まった。

素早く、ベッド脇のモニターに近づき、スイッチを入れた。

瞬時に現われたのは、〈区役所〉の玄関だった。男の声が、

「——こちら〈区〉の広報部です。玄関先の1号と

2号カメラが、ほんの一分前、梶原〈区長〉の狙撃《そげき》現場を捉《とら》えました」

倒れた人影に、警備員や〈区役所〉の連中が群がっていく。人影の下から赤いものが広がっていた。

2

梶原はすぐ近くの病院へ搬送され、生命《いのち》は取り止めたと発表された。

狙撃手は、〈区外〉から来た寿司《すし》職人で、神の声に命じられるまま梶原を狙撃したと供述《きょうじゅつ》した。

「よくある手だ」

と捜査に当たった警官のひとりは鼻先で笑い、〈区役所〉のある課長は、

「誰が早めにやるか、ですかなあ。今回は出遅れましたな、〈区長〉も——おっと、梶原も」

と笑った。

この言葉の意味するところは、誰にも明らかだったが、とりあえず、犯人は〈警察病院〉の精神科へ送られ、刑事たちはその背後の黒幕を捕まえるべく、捜査を開始した。

せつらが梶原の下《もと》を訪れたのは、狙撃された当日——夕刻であった。

面会謝絶の指示は、病院内に行き渡っていたが、美貌《びぼう》がそれを難なく無効にしてしまった。

エレベーター・ホールの警官も、ドア前の刑事たちも、せつらと眼が合った途端に、職業意識など塵《ちり》と化してしまった。

「どーも」

入って来たせつらを見て、ベッドの上の梶原は慌《あわ》てて週刊誌を放り出し、うーむうーむとでかい声で呻き始めたが、すぐに気づいて、

「なんだ、君か」

と顔を背《そむ》けて眼鏡《めがね》を直した。

「面会は——無駄《むだ》だな。君を見ただけで、閻魔《えんま》も地獄の門を開けてしまうだろう」

「例《たと》えが悪い」

せつらはちら、と床の週刊誌へ眼をやった。〈夫婦生活〉とあった。

「愛読誌？」

梶原は咳払《せき》いをひとつして、

「用件を聞こう。こう見えても多忙でね」

「夫婦生活が？」

「よしてくれ。さあ――」

「芝居だ」

「何がだね？」

梶原は眼を閉じた。この辺はさすがに老獪《ろうかい》である。

「狙撃犯をそそのかしたのは神の声、射《う》ったのは〈区長〉選の初日、しかも、怪我《けが》なんかしていない。本来なら急行すべき場所は〈メフィスト病院〉なのに、ここへ来たのは、あそこじゃ我がままが一切《いっさい》通らないからさ」

それでも梶原が沈黙したままなので、

「誰を追い落とすつもりだった？　全員でもなさそうだけど」

「わしはこれでも現〈区長〉だぞ。そんな汚い真似《まね》はせん」

「これでなくちゃ――」

〈新宿〉の〈区長〉なんか務まらない、と言うつもりだったのか。

「じゃあ、お宅へ行く」

と切り換《か》えた。

梶原がぎょっとしたように身を震わせた。その辺の勘は〈区長〉らしい。

「妻に何をするつもりだ？」

「何も」

「君が顔を出しただけでも、我が家は恐慌《きょうこう》に見舞われる。妻は選挙参謀も兼ねているんだ。やめてくれ」

「この狂言も奥さんの入れ知恵？」

「そう――いや、違う。とにかく、家へ行くのはよせ！」

「誰の足を引っ張るつもりだった？」

「言いがかりをつけるな。護衛隊に命じて逮捕させるぞ」

「それでは」

せつらが踵《きびす》を返した。

「待て」

梶原が声をふり絞《しぼ》った。必死である。せつらがサングラスもなしで家に現われたら、家庭崩壊だ。

「選挙の勝敗は、運動前に決まる。わしはひと月前から敵についても情報を集めていた。そして、最も厄介《やっかい》な人間を特定できたのだ。明日にでも、わしを狙撃した男は、真郷長臨の名を警察に告げる――かもしれんな」

「なぜ、彼に濡《ぬ》れ衣《ぎぬ》を？」

「悪魔教だ」

と梶原は言った。隠し切れないと諦めたのか、さばさばした物言いであった。

「真郷長臨は、あまりに脅威としてアメリカで大弾圧を食ったバラダ教の大幹部なのだよ。真実かどうかは知らんが、過去に一度だけ、本物を喚び出すのに成功したという噂《うわさ》もある。恐らく〈新宿〉へ来たのは、この街の魔法を招喚のパワー強化に利用するためだろう。そのような暴挙を重ねかねない候補者に勝利を与えてはならん」

せつらは、ふーむと唸《うな》った。梶原の主張は、単純な会話から所信表明演説まで、論理的な破綻《はたん》で有名だ。一〇秒間の茶飲み話でも白が黒になっていると いう。それが、今回は筋が通っている。

「だからと言って、罠《わな》にかけるのは卑劣《ひれつ》だ」

「君が言うな」

と返してから、梶原は、

「じきに真郷には警察から事情聴取がかかる。任意だろうが強制だろうが、受ければ〝選挙戦〟には出られんし、拒否すれば逮捕だ。選挙は正しく継続される」

「おまえが言うな」

せつらがのんびりと口にしたとき、梶原の表情が眼を剝いた。

「ぐえ」

と洩《も》らしざま、仰向《あおむ》けになる。誰の眼から見ても外部からの見えない力による作用であった。

胸部から鳩尾《みぞおち》にかけて、大きな窪《くぼ》みが生じた。見えない岩でも落ちて来たかのように。それは戻らなかった。

この状況にピンと来たのは、せつらならでは――いや、世界で彼ひとりであったろう。

「外谷だな」

梶原の上のものに叫んだ――と言っても見えないからはたから見れば、イカれた行動だ。

「な……何とか……して……く……れ」

梶原がすり切れた声を発した。せつらは冷静に、

「これは外谷の霊体だ。邪魔者を潰《つぶ》しに来たらしい。お気の毒さま」

「た……助けて……くれ」

せつらは携帯を取り出して、古賀雄市を呼び出した。

「外谷の具合はどうだ？」

「それが、急にしぼんでしまいまして」

困惑《こんわく》の体《てい》である。

「しぼんだ」

呑《の》み込んでいたはずなのに、つい出てしまう。

「その――半分になってしまいました。まるで、内部から何かが抜けていったような。はい、眼は醒ましておりません。これは外谷さんではありません」

「いや、外谷だ」

眠っても敵対者を始末しようとしている。

「起こしてみて」

「わかりました」

古賀は対処に迷っていたらしく、即座に反応した。

「駄目《だめ》です」

「…………」

「いくら揺《ゆ》すっても起きません。鼾が大きくなるだけです」

「ぶう？」

「はい。ぶう」

「蹴《け》とばして」

「びくともしません」

「ぶっ叩け」

「無駄でした」

「つねって」

「アウトです」

せつらは少し考え、

「くすぐって」

と言った。

「おお！　動きました！」

歓喜の声が撥《は》ね返った。

「――ですが、眼を醒ましません」

「針で刺す」

「針がありません。それに、刺してもツボに入ったと喜ぶだけです」

それもそうだ。

「わかった。僕がやってみる」

「え？」

とりあえず眼を醒ませば、とせつらは考えていた。眠りから生み出された霊体は、一瞬でも覚醒すれば消える――はずだ。

外谷に巻きつけて来た一本の妖糸《ようし》――一〇〇〇分の一ミクロンのチタン鋼の糸こそが、太りすぎの眠れる赤ん坊を起こす最後の揺すり手であった。

「えい」

と声を出したような、出さないような。

「おお！　跳《は》ね上がりました！　眼を白黒させています。奇跡だ。いったい、どんな手を！　あ、また――ひっくり返ってしまいました！」

「オッケ」

せつらはうなずいた。外谷の反応に納得したのではなく、眼は梶原を見つめている。

凹《へこ》んだ身体《からだ》は元に戻っていた。勘だが、外谷は当分、霊体も操れまい。

「悪霊退散《あくりょう》」

とつぶやき、

「どいつもこいつも」

と続けた。

この調子では、他の候補者も知れたものではない。足を引っ張るくらいならともかく、外谷に至っては殺意満々だ。

「治った？」

「ああ」

梶原は咳込んでから応じた。

「人を呪わば穴二つだけど、この件は内緒にしておく。ところで、真郷氏の隠れ家《かくが》に心当たりはない？」

「〈高田馬場〉一の×の×だ」

「――すんなり出て来たね」

「前のアジトはそこだった。魔力をふるうのに最もいい場所だとほざいていたから、今回もそうだろう。ま、保証はしかねるが」

「今回？」

「奴《やつ》は四年前にも一度、〈新宿〉へ来て、悪魔を招喚しようとした。間一髪《かんいっぱつ》でそれを知り、〈区役所〉の保安部隊と〈新宿警察〉の精鋭を集めてアジトを急襲、ことなきを得たのだ。真郷は〈区外〉へ逃亡した」

「知らなかった」

「極秘作戦でな。あのでぶ女の耳にも入っとらん」

「感謝――当選を祈る」

「何を言うか、でぶの手先め。出て行け」

だが、梶原は苦笑を浮かべていた。

病院を出てすぐに古賀へ電話を入れ、外谷を絶対に出すなと伝えて、〈高田馬場〉へと向かった。

住宅街の一角に、そのマンションは荒涼《こうりょう》の限りを尽くしていた。

建物自体は一部が破損しているきりで、しっかりと地面を踏まえている。窓ガラスも見たところ数枚が欠けているだけだ。

それなのに凄《すさ》まじい荒廃の気は、建物自体からなおも漂う瘴気《しょうき》のせいであった。

悪魔を喚び出す。人類が知に目覚めた瞬間からその精神《こころ》の暗部に生じた妄念《もうねん》の網が、さらに暗い深淵《しんえん》へと投げかけられた結果であった。たとえ、網が破れていたとしても。

ロビーから入った。

冷気が針のように全身を刺した。これでは誰も入れまい。廃墟《はいきょ》になるしかなかった。

妖気は地階から溢《あふ》れてくる。

「まるで、定番だ」

数条の糸を巡らせてから、階段を下りようとした時、三台並んだエレベーターのドアが開いた。

せつらは眼をやっただけで階段を下りた。

「あれ?」

もうもうたる妖気に辟易《へきえき》としながらも、眼に映った光景に首を傾《かし》げざるをえなかった。

あらゆる壁も支柱も取り払われ、茫々《ぼうぼう》たる広間のみとなった地下には、ここで行なわれた忌《い》まわしい儀式のための用具が、何ひとつ存在しないのであった。

だが、充分だ——妖気のみで。骨にまで食い込むその凄まじさは、〈新宿〉の魔性《ましょう》たちも、そう簡単に醸《かも》し出せるとは思えない。

「えーと」

捜し出す必要はなかった。

確かに眼をやったばかりの右方——うす闇の奥から。

「ようこそ」

明るい声がかかったのだ。

「お待ちしておりました。私をお捜しとやら。いや、今回の選挙——なかなかに厄介なものですな」

声の主はまぎれもない真郷長臨であった。

3

「こんなところまで〈新宿〉一のマン・サーチャー殿が、どんなご用件でしょう?」

「人捜し」

「私を?」

「そ」

真郷は、にやりと笑った。

「今、〈新宿警察〉が〈区長〉狙撃事件の犯人として、私に逮捕状を出す予定だと聞きました。あいつらよりは、あなたに捕らえられたほうがマシでしょうが、そうもいきませんな」

「〈区長〉になった暁《あかつき》の施政《しせい》方針は?」

「サタンによる平和」

「やっぱり」

せつらの納得と同時に、真郷の顔は縦に裂《さ》けた。

朱線の走った顔を、彼は両手で押さえた。筋は消えた。

「サタンの加護」

「次はどうやって?」

自信に満ちた笑顔は、両腕が同時に落ちても変わらなかった。わずかに眉《まゆ》を寄せた瞬間、その首は落ちた。

「ひとり減ったか」

とせつらが思っていたかどうか。

彼はその場に立って、首と、両腕を失った真郷のトルソの背後に立つ影たちを見つめた。

真郷であった。一〇体いる。

「人形か」

両眼が光った。

せつらは宙に舞った。深紅色《しんこうしょく》のビームは、残像を貫《つらぬ》いて闇に溶けた。

二撃目を躱《かわ》す余裕はない。せつらの身体は自らの意志ではありえない角度に動いた。

ビームはことごとく空を切った。

一線が妖糸を断った。

せつらが着地すると同時に、五体の首が胴を離れた。

残りのうち二体が、生身の首と両腕を抱《かか》え、胴体を奥へと導《みちび》いていく。

せつらは大きく宙へ舞った。

下方から迸《ほとばし》るビームがその身体を貫いた。

火を噴いたコートだけが床に落ちる前に、人形たちはその正体に気づいていたかもしれない。

四方へ目を配る動きは、人間そのものであった。

その腰から下が大きく崩れるや、彼らは二つに分断されて床に転がった。

「やれやれ」

愚痴《ぐち》りながら、倒れた人形の影がひとつ、美しい立ち姿を取った。

影に忍んでいたのか、せつらよ。

「切られたか」

と言った。逃亡する真郷の肉体に巻きつけておいた妖糸は、無反応を伝えてくるばかりだ。肉体をつなぎ合わせた魔道士たちは、すぐに復活するだろう。

「仕方がない」

せつらは階段の方へ歩き出した。

止まった。

彼はひとりではないことに気がついた。

何かいる。途方もなく巨大なものが。天の高みから、この地下室のどこかから、自分を見下ろしている。

記憶が閃《ひらめ》いた。

地下鉄駅の構内で――

「おまえと会った」

せつらは言った。声はうす闇の中を遠く流れた。

「今度は遥《はる》かに大きく、遥かに近い。外谷はその気を受けただけで眠り続けている。まだ姿をさらせぬのなら、永劫《えいごう》に硫黄《いおう》の中に留《とど》まれ」

近づいて来るのを、せつらは感じた。

どの方角からでもなく、どの方角からでも。駅ではトンブと人形娘の魔除《まよ》けが外谷の二の舞いを防いだが、今度も役に立つかはわからない。

気配がせつらを包んだ。

経験したこともない恐怖が、爪先《つまさき》から頭頂までを貫いた。


古賀は眼を剝いた。

外谷の鼾が消えた、と思った瞬間、

「やられたあ！」

途方もない蛮声《ばんせい》が炸裂《さくれつ》したばかりか、ベッドをきしませていた巨体が一メートルも宙に浮き、また戻ったではないか。

たちまちもとの大鼾をかき出したところを見ると、叫びの示す者は当人ではなかろう。では——

すでに蒼穹《そうきゅう》の下で戦いは始まっていた。


合計一〇名の立候補者は、選挙カーに乗り込み、ウグイス嬢の紹介に胸を反《そ》らして、一夜のうちに〈新宿〉を清廉潔白《せいれんけっぱく》な街にしてみせると壮語《そうご》する。

名誉欲と金銭欲の虜《とりこ》になった、こればかりは〈区外〉と変わらぬ光景がしばらくの間、延々と続く。

聴衆の拍手と歓声が鳴り渡るのも〈区外〉と同じだ。しかし、その中に何処か釈然《しゃくぜん》としない雰囲気が漂うのは、最大の有力候補の姿が欠けているからだ。それも二名。


「まだ、治らんのか？」

〈新宿〉のどこかで誰かが訊いた。

「それが、どのような技と武器で断たれたものか、首は何とかついたのだが、両腕がなかなか」

別の声が応じた。どちらも対等の立場と思《おぼ》しい口調である。

「げに恐ろしきは〈新宿〉一のマン・サーチャー

か。もうひとりの〈新宿〉はどうした?」

「さっぱりだ。でぶのほうの居所《いどころ》もわからん。ひょっとしたら、極秘で治療に当たっているのかもしれん」

「で――そのマン・サーチャーのほうは?」

「これも見当がつかん。全力を挙げて捜索中ではあるが、勝手知ったる、とはいかぬ〈街〉でなあ」

「それで済ますわけにはいかんぞ」

「わかってる。じきにいい結果が出るさ」

「与《くみ》し易《やす》しと見たが、手強《てごわ》いな、ここは」

「全くだ」


せつらが眼を醒ましたのは、翌日の昼近く、〈早稲田大学〉近くのアパートの一室であった。

住人は一七歳の娘で、麻里奈《まりな》と名乗った。大学生相手に路上で麻薬《ドラッグ》の売買をしているという。せつらに訊かれるままにペラペラとしゃべってしまった理由は言うまでもあるまい。玄関の外に倒れている彼を、誰が見つけても、同じ道を辿《たど》ったに違いない。

例によって礼を言い、出て行こうとしたが、せつらは動けなかった。神経麻痺《まひ》ではない。ただ動かないのである。どちらかといえば衰弱というのが当たっているだろう。麻里奈は微笑した。

「心配しないで。治るまで、あたしがずうっと面倒見てあげる。治らなくてもいいんだよ」

ここで医者を呼んでくれというならまともだが、すぐに治ると身体が伝えたのか、はたまた別の目算《もくさん》があるのか、どっちでもないのか、せつらは、

「よろしく」

と微笑を送った。

「お腹空《なかす》いてる?」

「少し」

「じゃあ、すぐ、何か作ってあげる。ね、何がいい?」

麻里奈の声は弾《はず》んでいた。今の彼女は世界でただひとりのエリートなのだ。

麻里奈がキッチンで、がたごとやらかしている間、せつらは黙って窓外《そうがい》の音に耳を傾けていたが、

「やってるね」

ふと言った。

「――ああ、選挙運動？　もううるさくって。でも、面白いよ。あそこまでできもしないごたく並べると、聞いてるほうも、乗ってやろうじゃんって思い始めるじゃない。あたしの友人たちにも、愉《たの》しみにしてるの何人もいるよ」

「へえ」

せつら自身もこれは認めざるをえない。〈新宿〉という都市の実情を考えれば、施政への取り組み方は、尋常《じんじょう》な街とは天と地の差がある。各候補者はそこを強調するから、演説の内容は、ほとんど喜劇じみた様相を呈する。

「年に一〇〇〇匹の妖物撲滅《ようぶつぼくめつ》を公約いたします」

「私は悪霊退治にかような新兵器を考案いたしました。悪霊を食らう悪霊であります。人間を襲う回数は少々多くはなりますが」

「私は悪夢の本体――夢魔を排除すべく、各町内に太鼓《たいこ》を設置し、深夜過ぎ一時間ごとに五分ずつ打ち鳴らします。きっと驚いて逃げ出すだろうと確信いたします」

その他、武器や呪殺法《じゅさつほう》の開発だの、巫女《みこ》にストリップさせるだの、まともと珍妙が入り乱れ、しかも主張するほうは真剣そのものだから、はたから見ればおかしなことこの上もない。

しかし、〈新宿〉ではすべてが生活に密着した切実な内容だから、最初は愉しげに耳を傾けていた人々も、最後は腕を組み、シリアスな表情でうなずき、万雷《ばんらい》の拍手で終焉《しゅうえん》を迎えるのだった。

「でも〈区長〉ともうひとり――みんなが期待しているおでぶちゃんが、まだ姿を見せないなあ。きっと、とんでもない演説するよ。〈区民〉みんなで一日一キロ肉が食えるようにします、とかさ。演説中に、自分のお尻の肉を切り取ったりしてね、はっは

っは」

せつらは次の手を考えていた。梶原が出て来ないのは、傷ついた身だと皆の同情を引き、最後の最後で息も絶え絶えに現われ、立派なたわごとをぶって勝利につなげる作戦なのだ。一方、外谷はまだ眠っているのだろう。

「はあい、出来たわよ」

熱い粥《かゆ》が運ばれて来た。

「冷ましてから、食べさせてあげる」

「その間に、上衣《うわぎ》の内ポケットから携帯を出して」

「あ。はいはい」

娘は浮き浮きと従った。せつらはまず、メールと着信を確認した。捜索依頼が四件と、古賀から留守電が入っていた。

「外谷さんが元に戻りました。今日いちにち選挙対策を立て直し、明日から演説に出ます」

「よかった」

言ってから、ヨイショをしてしまったと思った。


「もう練習を？」

「してます」

答える声の向こうから、ガオーガオーとしかわからない叫びが聞こえた。確かに本人だとせつらは思った。

「恐ろしいことだ」

「何？」

麻里奈が訝《いぶか》しげな眼を向けた。携帯は彼女が支えている。

「――じきに面白くなるよ」

「えっ、あのでぶちゃんがうろつき廻《まわ》るの」

「そ」

「やった！」

喜色満面である。見ためもあるが、それだけではないらしい。

「あれ好《い》き？」

「うん。何回かTVで見てるけど、言動に悪意がなくて素朴《そぼく》で獰猛《どうもう》って凄いじゃん」

意外な人気がある。ひょっとしたら、いくかも。

携帯をせつらのポケットへ戻すと、麻里奈は顔を寄せて来た。せつらの胸に頬を乗せて、

「本当は、気がイっちゃうくらいのハンサムなんだろうね」

と言った。

「あたし、凄い近眼でさ。そのくせ、バイトでモデルなんかやってるもんだから、眼鏡かけられないんだ。コンタクトは今日切らしててね。だから、本当のこと言うと、あんたの顔、ぼんやりとしか見えないの。でも黄金が光ってるみたい。もう少ししたらコンタクト買って来るからここにいてよ」

「うん」

せつらはまだ動けない。

どうして逃げられたのかもわかっていないのだ。

ここへ来た理由も同じだ。

――あれは……

身体が凍りついた。


そのとき、チャイムが鳴った。

「――何だ？　こんな時間に来る奴なんて、ここ借りてからひとりもいないんだよ」

麻里奈が顔を曇らせた。

「多分――僕の召使いが捜しに来たんだ」

せつらの声に、麻里奈は恍惚となった。

第七章　影を追う手

1

麻里奈が素早く狭い三和土《たたき》へ下りて、

「誰?」

と訊《き》いた。

「おれだよ、高津《たかつ》」

あ、と小さく洩《も》らして、

「悪いけど、今日は人が来てるの。帰って」

わざとらしい口調だった。

わずかな沈黙を置いて、激しくドアが揺《ゆ》れた。ドアノブを引いているのだ。

「ちょっと——やめてよ!」

「開けろ! 誰を引っ張り込んでる?」

高津の声は逆上の極《きわ》みにあった。一応スチールのドアが大胆にきしみ、歪《ゆが》んでいる。

「また筋力増強剤を服《の》んだのね、心臓が止まるわよ!」

「うるさい」

凄《すさ》まじい打撃音と、凹《へこ》んだドアが、麻里奈を後じさらせた。開いたらどうなるか、一目瞭然《いちもくりようぜん》だ。

「ドアを開けて、退《の》きなさい」

麻里奈は愕然《がくぜん》とふり返った。

声の主はこちらを見つめていた。

恐怖も怒りも溶けていく。なんと美しい顔なのか。

言葉の意味も理解できず、麻里奈は震撼《しんかん》するドアに近づき、解錠した。

唸《うな》りをたてて開いた。

若いのに無精髭《ぶしようひげ》を生《は》やした大学生の眼を、キッチン・テーブルに載《の》った美しい顔が直撃した。

「あ」

これだけで、高津は正常な思考も意識も失った。

「お上がりなさい」

その声に絡《から》め取られた若者は、靴を脱ぎ、ふらふらとリビング・キッチンへ上がり込んだ。

「今、彼女と僕は、大事な話をしている。大人しく聞いていてください」

うなずく高津を見て、麻里奈が長い息を吐いた。

せつらの声が、

「彼？」

「いえ。お客のひとり」

「お世話になりました」

高津を椅子《いす》にかけさせ、せつらは立ち上がった。

「待って、まだ無理よ」

「そうも言っていられない。さよなら」

「ちょっと——もう少し一緒にいて。とっても素敵な気分なのにィ」

「選挙に出るんだ」

「え？　あなたも？」

「そ」

「なんて名前？　あたし絶対一票入れる」

「お、おれも」

放心状態のはずの高津までこれだ。魔力魔法と云《い》うしかない〝せつらマジック〟であった。

「莫迦《ばか》。あんた、別の候補者の運動員じゃない」

「そ、そうだけど——乗り換《か》えるよ」

「骨のない男《ひと》ねえ」

「いいんだ。あんなオヤジより、この人のほうが万倍も億倍もいい。それに、おれひとりがいなくなったって、真郷さんは困りゃしないさ」

「あら」

麻里奈が、ぽかんと口を開いた。

せつらがふり返って、麻薬中毒《ジャンキー》の大学生を見つめたのだ。

「ちょっと話がしたいな」

せつらは高津に笑いかけ、彼を失神に追い込んだ。

大学生が出て行くと、

「あれで、どんな情報でも仕入れてくるわ」

と麻里奈が呆然《ぼうぜん》とせつらを見つめ、また恍惚《こうこつ》の度を増した。見まいとしても、吸い寄せられてしまう。吸血鬼にも似た魔力であった。

「ねえ、横になって」

「いや、帰らなくちゃ」

せつらはまた立ち上がった。

それから軽いめまいを感じた瞬間、すべてが変わっていた。

眼を醒《さ》ましたのは、自宅の六畳間であった。

「あれ？」

と見廻《みまわ》した室内には、ひとつだけ異常があった。

ひとりの男が卓袱台《ちゃぶだい》の前に正座しているのだ。

ドアには鍵《かぎ》がかかっている。それ以前に、留守の間の戸口と窓は、すべて地上五〇センチに妖糸《ようし》が張り巡《めぐ》らされ、一種の結界を構成中である。人間なら例外なく膝《ひざ》から下を失うはずだ。

そんな疑念も、せつらの茫洋《ぼうよう》たる声と表情からは丸っきり窺《うかが》えなかった。

「どなた？」

「朝銅鑼湾丹……と申します」

陰々《いんいん》たる声が応じた。せつらの方を見ようともしない。

〈区長〉選の候補者のひとりだ。

「ご用件は？」

「ご……挨《あい》……拶《さつ》……に」

「あの、うちに来ても仕様《しよう》がないよ」

と応じながら、せつらは真の異常事態に気がついていたかもしれない。

「そ……れ……は……ど……う……も」

朝銅鑼はうなずいた。

その首が前へずれた。

朝銅鑼は押さえようとしたが、少し遅れた。首は呆気《あっけ》なく卓袱台の上に落ちた。

いきなりチャイムが鳴った。

せつらは少しも慌てず、インターホンに近づいた。まだ鳴っている。押しっ放《ぱな》しなのだ。

「はい」

と出た。

「あたし、ぶう」

やはり。本物だ。

「どうした?」

「どうしたもこうしたも、気がついたら、あんたの事務所の前に倒れていたのだ。何かやったな。開けろ」

「帰れ。取り込み中だ」

「うるさい、ぶう」

凄まじい衝撃に家全体が揺れた。外にいる何者、いや何かが体当たりをかましたのだ。

「こら、よせ」

さすがに、少し慌てて止めたが、制止が効くのはまともな人間だけである。

次の一撃でドアは内側にぶっ倒れて来た。それを踏んで、のっしのっしと踏み込んで来た巨大なる影はまさしく外谷。

「いたな」

外谷は芋虫《いもむし》みたいな人さし指を突きつけ、

「あら?」

と言った。死体を見つけたのだ。

顔中が興奮に赤く染まり、たちまち歓喜の色に変わる。知り合いの家に首無し死体——この女の最も悦《よろこ》ぶパターンであった。

「殺《や》ったな。しかも、候補者のひとりを」

と決めつけたのは、六畳間へ上がり込んでからだ。

「殺ってない。僕も誰かにここへ飛ばされた。気がつくと彼がいて、挨拶したら首が落ちたんだ」

「誰が信じると思う?」

「もっともだ」

これは認めざるを得ない。

「ふっふっふ」

外谷は邪悪に笑った。

「何があったにせよ、あたしが警官を呼んだらどうなるかわかるな?」

「…………」

「おまえは一発で殺人犯だ。首を落とすのを目撃したと言ってやる」

「僕は推薦人のひとりだぞ。おまえの命令だと疑われるのが関《せき》の山《やま》だ。必要とあれば、白状するぞ」

「むむむ」

外谷は眉《まゆ》を寄せ、少し考えてにやりと笑った。

「すべてはおまえが勝手にしたことだと言ってやる。〈警察〉にも〈区役所〉にも、あたしの情報で生き延びている連中が、わんさかいるのだ、ぶう」

「ふむ――ここへ入るのを誰かに見られたか？」

「ノン」

せつらはふくれ饅頭《まんじゅう》みたいな顔を見つめた。

外谷はまた指さして叫んだ。

「あーっ、その顔。美しいあたしを殺すつもりだな」

「…………」

「そんなこと、天が許さんぞ。実は一〇〇人ばかり乗せた観光バスが、あたしを目撃しているのだ。おまえは逃げられん」

「そんなことはわかってる。ひょっとしたら――」

「？」

外谷が眼を細めた。ますます危険人物に見える。

ひょい、と起き上がったのは、朝銅鑼湾丹の死体だった。

全く予想外の動きだったので、せつらも外谷も反応の仕様がなかった。そして、死体だと妖糸を巻いておかなかったのは千慮《せんりょ》の一失《いっしつ》か。

朝銅鑼は、ただ首を落として倒れただけではなかった。起き上がりざまに拾い上げた首を、直立と同時にせつらへ叩《たた》きつけたのだ。

それは情け容赦《ようしゃ》もなく十文字《じゅうもんじ》に分かれた。妖糸の仕業《しわざ》だ。だが、空中でもう一度くっつくや、せつらの左肩に歯を立てたのである。

「痛《いっ》う」

このひとことを合図に最後の力も尽きたか、生首は四個の部品に分解して床に散らばった。

「大丈夫か、ぶぅ？」

ようやく我に返った外谷が心配そうに訊いたものだから、せつらは眼を白黒させた。

「何とか」

「なら結構、ぶぅ」

外谷は大きくうなずいてから両腕を組んで、

「死体が生き返るのはよくあるわ。でも、どうしてあんたを？」

食べようとしたのか、と訊くつもりが、眼の前でせつらが崩れ落ちたので、それどころではなくなった。

「こら、どうした、起きろ」

片手で胸《むな》ぐらを摑《つか》むや、軽々と引きずり起こし、その頰《ほお》をペチペチと平手打ちしたが、せつらは閉じた眼を開こうともしなかった。

外谷はくんくんと鼻を鳴らし、

「毒だな、ぶぅ」

と言った。匂《にお》いでわかるらしい。

「すると、メフィストか、ふむ」

納得したのか、大きくうなずいてから、じろりと畳の上の死体を睨《にら》みつけた。

一〇分ほどして、パトカーのサイレンが、〈秋人捜し《DSM》センター〉を取り囲んだ。

〈新宿区民〉は、その日の午後、久しぶりの大トピックに沸《わ》いた。

「本日、×時三五分、〈十二社《じゅうにそう》〉にある〈秋人捜し《DSM》センター〉内で意識不明の人物が、〈新宿警察〉によって発見されました。当時、センター内にいた外谷良子、三×歳は、内部に立て籠《こも》って応戦、入って来た警官一八名全員を投げとばし、様子を窺っているところを灰色熊《グリズリー》レベルの麻痺銃《パラライザー》の集中照射を受けて失神、逮捕されました。センター内では、人間の大腿骨《だいたいこつ》らしいものも見つかっており、事件との関連を調べています」

〈警察〉は、密告メールによって駆けつけたものであると、アナウンサーは告げて、やむを得んかとひとりごちた。おそらく、外谷にぶん投げられた警官たちのことを思いやったのだろう。

「これは陰謀なのだ！」

外谷は取調室のテーブルを摑んで喚《わめ》いた。

「あたしが自分の推薦人に毒を盛り、ライバルを食ってしまったって？　冗談はよすのだ。幸いせつらは生きているし、朝銅鑼は死体も見つかっていない。せつらが意識を取り戻せば真相は明らかになるのだ」

「いま耳にしたが、秋くんは〈メフィスト病院〉でも正体の摑めぬ未知の毒にやられているため、息を吹き返すか見通しが立たないそうだ。それに、部屋に残っていた大腿骨は何だ？　凄まじい力で咬《か》み折られていたが、ついてる歯型は人間のものだそうだ。一応、鑑識で、そちらの型を取らせてもらうぞ」

「むう。やるな」

外谷がたじたじとなった相手は、屍刑四郎《かばねけいしろう》であった。

どんな悪党もその名を聞けば背すじが凍りつく《スパイン・チリング》、人呼んで、〝凍らせ屋《スパイン・チラー》〟の隻眼《せきがん》は、冷たく〈新宿〉一の情報屋を見つめていた。

取調室での対峙《たいじ》はすでに三〇分を超えていた。屍がどうやってこのでぶを落とそうか、外谷がそろそろカツ丼《どん》が出る頃だわさ、と考えたとき、警官が現われ、屍へ耳打ちした。

外谷を見て、

「よかろう、通せ」

すぐに見覚えのある顔が入って来た。

「あーっ、ライバル！」

外谷が指さした先にいるのは、スーツにネクタイ姿の梶原〈区長〉であった。

2

屍が横にどき、替わって正面に腰を下ろした梶原は、不平面《ふへいづら》した外谷を凝視《ぎょうし》し、にんまりと笑った。

「やはりやらかしたな。おまえならライバルを食い殺すくらい朝飯前だと思っていたぞ」

「うるさい。何しに来た、ぶう？」

「嫌がらせだ」

「むう」

外谷は歯を剝《む》いた。さすがは〈魔界都市〉の〈区長〉――ビクともせず、

「もうおまえはおしまいだ。なくなった死体は、おまえが胃の腑《ふ》に収めたに決まっておる。とんでもない女め。これで死刑だ。おまえの肉は、わしが肉屋へ売りさばいてやろう。ま、キロ一二〇円というところか」

「この野郎」

外谷は激昂《げっこう》した。テーブルの縁《ふち》に手をかけ、軽々と持ち上げるや、頭上高くふり上げた。

「わわわ」

梶原は逃げようとしたが遅かった。

ごお、と風を巻いてふり下ろされたテーブルを、屍が受け止めた。

「やめろ」

と外谷を蹴《け》る。ころころ転がって、奥の壁にぶつかると、

「やったな」

と立ち上がったような、最初からそうだったようなな、ほとんど球体に手足がついている状態なのでよくわからない。

「行くぞ」

とセミクラウチ（ボクシンググの構え）に構える。

「ますます印象を悪くするぞ」

屍の言葉で、あ、と構えを解いた。

「これでわかったろう、屍くん」

梶原が青い顔で外谷を指さし、

「このでぶは凶悪なる殺人鬼だ。即時投獄を要求する」

屍の口元を苦笑がかすめた。ぐるるるると喉《のど》を鳴らす外谷へ、

「値段か？」

と訊いた。

「そうだ。キロ一二〇円が。ガーガー」

「やっぱりな。もう少し何とかならないのか、〈区長〉？」

梶原は顔を背《そむ》けた。

「ふん。なら一五〇円」

「ぐるるるる」

「奮発《ふんぱつ》して二五〇円」

と屍が笑いを深くして言った。

「よかろう」

梶原が不承不承《ふしょうぶしょう》うなずくと、外谷も、

「ふむ、いいだろう」

「二度とここで暴れるな。手打ちをしろ」

屍の提案で二人は古風なしきたりに従った。すぐに、

「ところで、率直《そっちょく》に訊くが、梶原さん」

と屍が切り出した。

「――おれとしては、外谷の言い分を信じたい気分なんだ。秋せつらという男が、幾《いく》らなんでもこんなで、いや女に一杯食わされるとは思えない。単刀《たんとう》直入《ちょくにゅう》にいこう。外谷を罠《わな》にかけようとしたのは、あんたか？」

「とんでもない!?」

梶原は眼を剝いて叫んだ。両腕で球体をこしらえ、

「こいつが罠になんかかかるものか。どんな罠でもはみ出してしまうぞ。すべてこいつの仕組んだことだ。大体、腿《もも》の骨が残っているなんて、異常もここに極まれりだ。こいつが朝銅羅湾丹を殺して頭から食らい尽くし、ついでに秋くんに毒を盛ったのだ」

「朝銅鑼はわかるが、秋くんを害する理由が謎だ。彼は推薦人だからな」

「秋くんがこの女の推薦人になったこと自体がおかしい。わしのところへ顔を出したときも、はっきり陰謀だと言っておった。この女と仲違《なかたが》いし、ついに毒を飲まされたのだ。きっと、百貫《ひゃっかん》でぶなどと口走ったに違いない」

屍は頭だけ外谷の方を向いて、

「そうなのか？」

にやりと笑った。からかっているのだ。

「誰が!?」

外谷は跳《と》び上がった。

「もう許さない。おまえたち二人とも片づけてくれる。つぶされてから泣くな。月夜の晩ばかりじゃないわさ」

「もっともだ」

屍は愉《たの》しそうに眉をひそめて、梶原へ、

「外谷の言い分が正しいとすると、あんたか他の候補者が、外谷を落選させるために、一計を案じたことになる。しかし、秋せつらをこんな目に遭《あ》わし得る相手というのがちと想像がつかないのと、外谷の証言によると、行ってみたら朝銅鑼はもう倒れていたそうだが、残った骨はどうなる？ 本当に食っちまったんじゃないのか？」

最後はリアルな口調であった。本気《マジ》に疑っているのだ。

「なぜ人をひとり平らげる必要があるのだ？」

外谷も憤然《ふんぜん》と喚いた。

「ちょうど、腹が減っていた。或《ある》いは余計な証拠を隠すためだ。死体がひとつあるのとないのとでは、天と地ほど印象が違うからな。パトカーは秋くんが倒れてすぐに到着した。死体を完全に始末する時間がなかった——というのはどうだ？」

「はっはっは。それだよ、それ」

梶原が手を叩いた。何が何でも外谷が死体を食ったことにしたいらしい。気持ちはわかる。

「野郎」

外谷が躍《おど》りかかろうとした刹那《せつな》、屍の右手が閃《ひらめ》いた。鋼《ブルースチール》の銃身から放たれた咆哮《ほうこう》と炎はテーブルを直撃し、拳大《こぶしだい》の穴を開けるや、さしもの外谷ものけぞらせた。回転式拳銃《リボルバーけんじゅう》の本体に巨大な輪胴《ドラム》型の弾倉《マガジン》が、必殺の大口径弾をたたえて貼りついている。屍刑四郎の愛銃〝ドラム〟の脅威《きょうい》であった。

外谷はすでに反撃姿勢を整え、梶原が床上で身を縮めている。室内に木魂《こだま》す巨大銃の叫びよ。

それに、チリリリリンが混じった。

屍が素早く、卓上電話を取って、連絡を受けた。黙って耳を傾け、すぐに受話器を戻して、

「鑑識からだ。大腿骨に残った歯型と、おまえの歯型——見事に一致したそうだ」

「えーっ⁉」

外谷の瞳は天井を映した。

〈新宿警察〉の留置場にぶち込まれた外谷が、出せ出せと鉄格子《てつごうし》を揺すっている頃、せつらは〈メフィスト病院〉の個室に横たわっていた。

妖力と未知の毒素が混淆《こんこう》しているという得体の知れぬ薬は、見事に、その薬より得体の知れぬ美しい若者を失神の沼に呑《の》み込んだ。のみならず——

〈メフィスト病院〉を訪れたその男は、勝手知った足取りで、せつらの病棟に入り、目的地の前で足を止めた。

無論、廊下でも病室でも、決してそれと知れぬレンズの眼が冷たく彼を映している。男は気にするふうもなく、せつらの部屋のドアを開けた。通常、失神や昏睡《こんすい》状態にある患者の病室のドアは、コンピュータが管理して、部外者の通用を許さない。

だが、その手の中でノブは回転した。監視カメラは男の姿を映さなかった。殺意探査メーターも反応せず終《じま》いだった。

男は病院へ入ると濃いサングラスをかけた。眠る若者の美貌《びぼう》だけは、彼に与えられた力でも、どうに

もならないのだ。

暗いレンズは、万全の策とは言えなかった。せつらを認めた時点で、彼は自分が失われていくのを感じた。一歩近づくと、その顔から眼を離せなくなった。

二歩目で、精神的な防禦法《ぼうぎょ》が作動し、ベッドの上の顔が異様に醜悪《しゅうあく》な悪鬼《あっき》に見えた。

だが、いったん脳に灼《や》きつけられた美貌は、他のイメージを歯牙《しが》にもかけず絢爛《けんらん》とかがやき渡るのだ。

男はそれでも一メートルの距離まで近づき、胸ポケットから万年筆を抜いて、先端をせつらに向けた。

超小型発電器《バッテリー》を内蔵した電磁銃は、六〇〇〇万ボルトの火花をチカチカと放って、生命体を破壊するのだった。

だが、彼は発射ピンを押せなかった。

およそ縁のなさそうな美意識というやつが彼の脳を支配し、美しいものを傷つけてはならんと命じたのであった。

力なく垂《た》れた男の右手から、小さな凶器が落ちたとき、低い笑いが当てもなく室内を流れた。

男は、はっとそちらを見た。

誰もいない。

ベッドに眠る美しい顔だけだ。

「誰に命じられてきた？ 答えはいらん」

「秋せつらを殺せば、疑いは誰にかかる？ しかし、外谷は取調中だぞ」

返事はない。

刺客《しかく》は黙々《もくもく》と固まっている。

「行きたまえ」

男はゆっくりと後じさりはじめた。

死神に戻る許可を得た死人《しびと》のように。

廊下へ出た。

左胸を押さえて、男は長い溜息《ためいき》をついた。どっと汗が噴《ふ》き出した。

それは、男を操《あやつ》る力とは別の生理反応であった。

男はハンカチを取り出して汗の被膜《ひまく》を拭《ふ》いた。

現われた顔は古賀雄市であった。


「しくじったようだな」

〈新宿〉の何処《どこ》か、薄明《はくめい》の場所で、誰かが言った。

「何と言ったらいいのか、わからんな」

二つめの声である。

「よくやった。或いは、上手《うま》くいった」

三つめだ。続けて、

「我々は誰のために、こんなことをしているんだ？」

「聞かなかった。聞こえなかった」

と最初の声が言った。

「風に吹き散らされた塵《ちり》のごとく、な。だが、いつかまた聞くことになるだろう。それが近々か、遥《はる》か時の彼方《かなた》でか」

外谷が留置場で喚き散らしている間に、選挙戦は続行されていった。
中でも圧倒的に聴衆の支持を受けたのが、真郷長臨であった。
訴える内容は月並みだ。
〈区民税〉の引き下げ
〈歌舞伎町〉の更《さら》なる繁栄
〈区外〉への輸出の増大
である。
どれも他の候補者の主張と重なるし、〈区民〉なら誰でも思いつく。演説もさして上手いとは言えない。とどめは、何と――真郷が姿を見せないのだ。選挙カーを囲んだ人々が聞いているのは、明らかに録音なのである。普通なら、暴動になるところだ。
それなのに、録音の声が流れ出すや、〈区民〉たちは、何とかホイホイに喚《よ》ばれたゴキブリのごとく選挙カーに殺到し、耳を傾け、ひとこと余さず聞き届けると、凄まじい拍手と歓声《かんせい》で報《むく》いるのであった。

全候補者についていた取材班も、演説解禁三日後には、真郷に倍の人員を割《さ》き、その一挙手一投足《いっきょしゅいっとうそく》を報道するに到《いた》った。

「何かおかしい」

こう声を上げたのは、「アルタ」ビルの前に陣取る占い――易者のひとりであり、あちこちで、〃魔術ショー〃や〃魔術教室〃を開催している魔道士たちであった。彼らは口々に言った。

「真郷長臨の周囲には魔気が巡っている」

「それも、我々が初めて感じる尋常《じんじょう》ならざるものだ」

「ひょっとしたら、あいつは人間以外のものと手を結んでいる」

「だから、あんな拙劣《せつれつ》な演説でも、人を感動させることができるんだ。あれは我々でも不可能だ」

「しかし、そんな魔力の持ち主がこの世界にいるのか？〃向こう側〃にしても大《ビッグ》きすぎる」


この話題まで辿《たど》り着き、空は急に青みを帯《お》びる。

底知れぬほど深く、虚《むな》しく、不気味《ぶきみ》なる青さ。

そして、彼らの大半はこう指摘する。

「あれは、あれだ。だが、あんなものが出て来たら」

そして、〈区民〉の中のある者たちが騒ぎ出した。

「足りないぞ」

と。

そう。足りない。足りなかった。

候補者はもうひとりいるのだ。

外谷さんはどうした？

〈区外〉同様、美辞麗句《びじれいく》を並べたてる候補者たちから離れると、人々は唇を歪め、不満をありありと顔中に湛《たた》えて、こう叫ぶのだった。

今回の選挙は何かおかしい
どうにかできるのは、あのでぶだ

けだ！

3

声は怒濤《どとう》のように通りから通りへ、横丁から横丁へと抜け、廃墟《はいきょ》の闇から闇へと伝わり、妖物《ようぶつ》、悪霊《あくりょう》の耳をかすめて、別の人々の元へと届いた。

「困ったもんですな、〈区長〉」

秘書の言葉に梶原は不平面をした。

「何故《なぜ》、みな、あんな化物《ばけもの》に会いたがる？」

「今回の〈区長〉選では味がなさすぎるのです。このままでは真郷長臨候補のひとり勝ちに決まってしまいます」

「わしもいるぞ」

「残念ですが、今回は真郷には及びません」

秘書は遠慮のないところを口にして、梶原に渋面《じゅうめん》を作らせた。

「彼には何かが憑《つ》いております。それも、〈危険地帯《デンジャラス・ゾーン》〉にうようよいる類《たぐい》のものとは、根本的《こんぽんてき》に異《こと》なる存在が」

「誰がそう言った？　光流呼《ひかりりゅうこ》氏か？」

〈新宿〉一の占術遣《つか》いである。

「いえ。私の叔父です」

「君の叔父さんも占いをやるのか？」

「いえ、趣味ですが」

「それはそれは」

「ところが、これがよく当たる。子供の頃、しょっ中、好きな女の子の名前を的中《てきちゅう》されましたよ」

「それはよかった——で、真郷に手は打ったのか？」

「あれこれやりましたが、上手くいかないのです。何もかも、おかしな具合に無効になってしまう。あとは強硬手段しかありませんが、〈区長〉はお望みではないと存じまして」

「うーむ」

梶原は苦渋《くじゅう》の極みを表情に乗せた。国政だろうと〈区政〉だろうと、政治そのものに関わる以上、清濁《せいだく》併《あわ》せ呑《の》まざるを得ない。梶原も一〇年以上、〈区長〉の地位を維持するために、権謀術数《けんぼうじゅっすう》の限りを尽くしてきた。暴力団とも関係を持った。しかし、力に訴えたことは一度もない。敵対候補の家に拳銃を撃ち込んだり、選挙カーのタイヤを切ったり、ガソリンに砂糖を混ぜて往生《おうじょう》させたりはしたが、人間を傷つけたことは皆無《かいむ》だ。それで勝利もしてきた。

しかし、今度は強敵だ。最初は外谷良子ひとりだと思っていたから、逮捕されたときは、これでひと安心と胸を撫《な》で下ろしたが、伏兵《ふくへい》が出て来た。しかも、外谷よりも手強《てごわ》い。〈区長〉選の規定には、人外の術や妖物の力を借りてはならないとあるから、そこを突けば何とかなりそうだが、そう簡単な相手とも思えない。

——これはやるしかないか

と腹を括《くく》った。

深夜である。

外谷は留置場のベッドで高鼾《たかいびき》をかいていた。

これがとんでもない高鼾で、永遠に続く爆撃のようなものだから、周《まわ》りの房《ぼう》からは当然文句が出るが、外谷が涎《よだれ》を拭《ふ》きながら、

「なんじゃい、ぶう？」

とやらかすと、みな沈黙してしまう。すでに牢名《ろうな》主《ぬし》と下僕《げぼく》たちのカーストが成立しているのだ。

房内は差し入れの山であった。留置場に留《と》めておかれるのは四八時間だが、特に危険だとか奇抜《きばつ》だと思われると七二時間に延びる。

恐らく、担当の警官が、凄《すご》いのが入って来たと外に洩らしたのであろう。半日と経《た》たないうちから、次々と差し入れが届き、丸一日で房から溢《あふ》れてしまったのだ。

大半がハムとベーコンとソーセージ、それもキロの塊《かたまり》であって、最初は本気でこちらへ廻してくれ

よと要求していた他の留置人たちも、次々に搬入される量に呆《あき》れ果て、終いには不気味さ、怖《こわ》ささえ覚えて、うずくまってしまった。そして、外谷だけが、

「よいしょ」

と房の床に胡座《あぐら》をかいて、骨つきのハムやベーコンの塊を強硬度紙のナイフとフォークでパクパクやり出し、丸ごと片づけると、

「満足、ぶう」

と言って、また鼾をかき出すのであった。

監視カメラの映像をモニターでチェックしながら、警官のひとりが、

「あれが〈区長〉になったらどうする?」

呆然と横の同僚に訊いた。

「世界の破滅だ。〈区民〉は全員一〇〇キロ超になれ、できない奴《やつ》は追放だ。そして、〈区外〉からでぶを集めて来るんだ」

同僚の答えに、最初の男は、

「『〈新宿〉でぶ移民計画』かよ」

腹を抱《かか》えて笑った。そして、発作《ほっさ》が終わると、涙を拭き拭き、真顔《まがお》で、

「楽しくなりそうだな、おい」

「全くだ」

とうなずき合ったのである。

そして、三日後、外谷良子は鉄格子の外の人物になった。朝銅鑼湾丹の死体は見つからず、証拠不十分の釈放である。屍たちは歯型が一致したと訴えたが、検察は取り上げなかった。

「これはおれの考えだが、あんたを潰《つぶ》そうって連中の他に、復活させようと企《たくら》んでる奴らもいるらしい。どっちが正しいのか、おれにはわからんが、気をつけて暮らしな」

こう言って、屍は送り出した。

〈新宿〉一の美しさをここの院長と争う患者は、今や病院の存在を脅《おびや》かす魔性《ましょう》と化しつつあった。

昏睡の原因は明らかにもかかわらず、醒ますことができないのだ。

院長不在は言い訳にならない。スタッフ全員が焦《あせ》った。日常業務に支障はなかったが、院内は静かなる恐慌《きょうこう》状態に包まれていたのである。

今日の検査と治療にも、回復の可能性はゼロに等しかった。

そこへ、

「どーれ」

と巨大な女がやって来たのである。

「すみません、回診中だと申し上げたのですが」

外谷を追って来た看護師が弁解するのを、副院長が止めて、

「みな、席を外したまえ――で、何のご用かな？」

と訊いた。

「あたしの推薦人を起こしに来たのだ、ぶう」

「気の毒だが、彼はいま昏睡中だ。いかなる治療も受けられない」

「それはおまえたちが藪《やぶ》だからだ、ぶう。あたしがやれば別なのだ」

もひとつぶうと言って、外谷はのっしのっしとベッドのせつらに向かった。

「ん？」

と眼を細める。

逆に、かっと見えぬ眼を見開いたのが副院長であった。

彼がひとことも発せぬうちに、せつらはベッドの上に上体を起こしていた。

「おや」

ぼんやりした声は、しかし、まぎれもなく親愛の情があった。眼が醒めた真ん前に外谷がいたら、大概《たいがい》はまた昏睡状態に逆戻りであって、こういう反応はせつらならではだ。もっとも、こちらも普通人とは言いかねる。
二、三度目をしばたたき、
「ここは何処だ？　何をしている？」

と訊いた。

「〈メフィスト病院〉だわさ」

外谷が答えた。

「あんたが失神してから三日。〈区長〉選は着々と進んでいるのだ。早いとこ復帰しなくてはならないわさ」

「勝手に復帰しろ。僕は関係ない」

「おまえはあたしの推薦人だ。それを忘れるな。何処へ行っても狙われるぞ、ぶう」

「この腐れでぶ」

「ぬはははは」

ぶう、とつけ加えて、

「しかし、向こうが卑怯《ひきょう》な手を使ってくるなら仕方がない。こちらも一〇倍にしてやり返すのだ、力を貸すのだ、ぶう」

「真《ま》っ平《ぴら》」

「むう」

「失礼だが」

副院長が口をはさんだ。

「お取り込み中を申し訳ないが、もう一度、秋さんの精密検査をお願いしたい」

「あら、どうしてだ、ぶう？」

「我々の総力を挙げた治療が効果なく、あなたが現われた途端に覚醒した。これでは正直、立場がない。原因を突き止めないと、院長の叱責《しっせき》を受けてしまいます」

外谷がにやりと笑った。

「幾ら出す？」

「やめろ」

せつらが割って入ったが、迫力はゼロだ。

「僕も検査なんかご免だ。どうしてもというなら、次の定期検診を受けに来たときに」

「次の定期検診は今日ですな」

「とにかく失礼します」

せつらはベッドを下りると、着替えるからと二人を追い出した。

それきり出て来ない。

「怪しいぞ、ぶう」

外谷がドアを開けると、壁がきれいに切り裂《さ》かれて、当人の姿は見えなかった。

「野郎」

呻《うめ》いたのは外谷である。

「待てえ」

風を巻き起こして走り去った。でぶのくせにゴキブリみたいに速い。

切り裂かれた壁とドアを見比《みくら》べ、副院長は、

「つっかえると見抜いたか。大したものだ」

しみじみとつぶやいた。

タクシーを使って家へ戻るとすぐ、外谷がやって来た。

「やるなあ」

「ふっふっふ。あたしから逃げようとして成功した男はいないのだ、ぶう」

「失敗した奴はどうなった？」

途端に外谷は眼をそらし、ぐるぐると廻りはじめた。

一〇回ほど廻って、

「何とも」

「――罰を与えたな。食べたか？」

「何さ――おかしな因縁《いんねん》をつけるなだわさ、ぶう」

「ところで、何故、僕を尾《つ》ける。何にも得はないぞ」

「いいや、ある。これからおまえは、あたしと二人三脚で歩くのだ。行動はすべて二人羽織《ににんばおり》だ。わかったか、ぶう」

「わからない。僕はこれから出かける。おまえは選挙運動をしろ」

「ふーっふふふ。おまえも付き合うのだ、ぶう」

「やだね」

せつらは冷たく言い放った。

「うるさい、来い。来ないと無《な》いこと無《な》いこと言い

ふらしてやるのだぞ」

「好きにしろ」

「むう。なら、あたしが付き合ってやろう」

「何だ？」

「おまえが行くところへあたしも付き合い、仕事を手伝ってやる。その代わり、おまえもあたしの選挙活動に協力するのだ」

「真っ平だ」

「ふっふっふ。そうはいかん。嫌だと言ってもついて行くぞ」

その身体が急に硬直した。ただのでぶが固太りになった。言うまでもない。せつらの妖糸にがんじがらめにされたのだ。

「じゃ、大人しくしといてくれ」

片手を上げて、せつらは身仕度《みじたく》を整えはじめた。

外谷は憮然《ぶぜん》たる表情で突っ立っている。

「じゃあ」

出かけようとしたとき、山が動いた。


せつらの眼が少し見開かれた。どこまでも妖糸が食い込んでいきそうなぶよ体が、地獄の糸枷《いとかせ》をあっさり吹きとばしてしまったのだ。

「どうやった？」

茫洋と尋《たず》ねるせつらへ、外谷は邪悪に笑った。

「ふーっふっふっふ。〈新宿〉だって昔のままじゃない。あたしもそうだ。今では日々進歩しているのだ」

「ふーむ」

せつらもしみじみとした口調になった。すぐに、

「わかった。じゃあ、一緒に来てもらおう。その代わり、助手待遇だ。余計なことは一切《いっさい》するな」

「わかった、ぶう」

第八章　招かれざる候補者

っていい。

1

隠秘学《いんぴがく》の歴史はあれを喚《よ》び出すための歴史だと言っていい。

成功例は――あるらしい。

推測の域を出ないのは、喚び出したという奴《やつ》はいても、他の目撃者や証拠がないためだ。

喚び出した、信じてくれという奴も、では、あれに何を望んだのかと尋《たず》ねると、ひどく曖昧《あいまい》な物言いをするだけだ。

あいつを前にしたら、誰もがこう望むだろう。

世界を破壊してくれ、と。

だから、成功した者はいないのだ。

世界は少しも変わっていないのだから。

相も変わらず、鬱陶《うっとう》しげに、しかし、確実にここにある。

それは同時に、これからを意味した。

新しい魔道士が、隠秘学者が、やってのけるかもしれない。可能性だけはまだ残っている。

彼らが求めているのは、それだった。

必要なものはすべて揃《そろ》えてある。

古風な魔法陣《まほうじん》。

最新のコンピュータが設計した招喚堂《しょうかんどう》。

何千回も唱《とな》え続けた招喚の辞。

そして――

成功した。

ただし、あるレベルで。

「影」だ。

あくまでも実体の代わり。

だが――あれの影法師《かげぼうし》は、とんでもないことをしてのけると、あらゆる魔道書に描《えが》かれている。

世界を破壊するくらい、造作《ぞうさ》もないと。

真郷長臨は、その意味で満足していた。

彼は長い地下のトンネルを歩いて招喚堂へ出た。

そこに、ある人物が待っていた。

「しくじったな」

とその人物は言った。真郷は答えた。

「やむを得ない。あの人捜《さが》し屋は、途方もない力に守護されている。静かにその時を待つしかあるまい？」

「そう長くは待てないぜ。おれたちの目的も途方もなく巨大なものだ。おそらく実現はできん。だが、真似事《まねごと》だけはやれる。そして、それで充分なのさ」

「わかってる。だが、危ないことに変わりはないぞ」

「そのために、あの手を打った」

相手の断言は、真郷の顔を紙の色に変えた。

「おい、まさかあいつを？」

「他に手があるか？」

「あんな奴を〈新宿〉へ放り出してみろ。何をしでかすかわからんぞ。おれたちの代わりに目的を果たしてしまうかもしれん」

「それならそれでよかろう」

「そうはいかん。おれたちの目的はおれたちの手で果たすんだ」

真郷は右手を左胸に当てた。

相手は上衣《うわぎ》の上から同じ場所を押さえてよろめいた。

「よせ。おれを殺しても何にもならん。おれたちの行為は全て、教団のこしらえたルールに則《のっと》っている。どうしようもないのさ」

真郷の表情から狂気が遠のいた。手を放すと相手も全身の力を抜いた。

「おれはやるぜ」

相手はこう伝えて、魔法陣の中央に立った。手は心臓を押さえている。

「とりあえず、あいつと人捜し屋の対決を覗《のぞ》き見するとしよう」

真郷は近くの石壁にもたれかかった。その瞬間に死人《しびと》と化したような動きであった。

「何てことを。何もかもぶち壊《こわ》しになるかもしれんのだぞ」

「だが、あの人捜し屋だけは、どうしても取り除かねばならぬと、最初から占いには出ていた。それが外谷の推薦人になろうとはな」

「だから、手を打って来た。みなしくじりはしたがな。だが、あいつだけは出すべきじゃあないぜ」

真郷の言葉には邪悪な響きが含まれていた。

もう返事はなかった。

相手は招喚地点に胡座《あぐら》をかき、両手を膝《ひざ》に当てて、何やら唱えはじめていた。

見つめる真郷長臨――〈区長〉選における圧倒的な支持率を誇る候補の眼には、覆《おお》いようのない恐怖の波が打ち寄せはじめていた。


正午少し前、せつらたちが訪れたのは、〈大久保駅〉前のマンションにある「真郷人形王国」であった。真郷の本職は人形制作である。

チャイムを鳴らすと、すぐにドアが開き、広いロビーへ通された。

秘書らしい女に主人に会いたいと伝えると、すぐに参りますと、秘書は去った。

「でかいわね、ぶう」

外谷は遠慮なく四方や天井を見廻《みまわ》してから言った。

「ひょっとしたら、この階ぶち抜きで借りているのだな、ぶう」

「多分」

とせつらは返して、

「人形師って儲《もうか》るから」

と言った。

この世に〈新宿〉ほど、人形を必要とする土地はない。

何の仕掛けもなく客たちに微笑《ほほえ》みかけるデパートや商店のマネキンはもとより、自称芸術家のための奇怪なオブジェ役、そして、孤独な独居《どっきょ》を訪れる失われた家族と――〈新宿〉の魔法に与えられた偽《いつわ》りの生命の息吹《いぶき》は、街のあちこちに生きている。

五分と待たず、

「これはこれは」

と真郷が現われた。すでに作業中なのか、肘《ひじ》までめくり上げた白いシャツとジーンズ姿であった。せつらがついに追いつめられなかった幻《まぼろし》の男は、ひどく現実的で生身《なまみ》の姿を持っていた。

「お二人の名前は今回の選挙で存じておりますとも。で、今日は、人形にご用で?」

何か言おうとしたせつらを止めて、外谷が前へ出た。

「ぶう」

真郷は素早く、拳法《けんぽう》の型を取った。大きく両手を広げた孔雀《くじゃく》の姿だ。

「やめとき」

外谷の口調があまりのんびりしているため、逆にけしかけているふうにも取れる。

「用があるのは、あんたにだわさ」

「ほお」

「ちょい待ち」

と、前に出ようとするせつらを、丸太のような腕が後じさりさせた。真郷が、

「——何のご用でしょうか?」

と訊いた。

「決まってるわさ。今度の選挙、辞退おし、ぶう」

「これは——困りましたな。それではまるで、やくざの言い掛かりだ」

「あんたの使った手はわかっているのだ。いちいち指摘しても始まらない。とにかく辞退すればいいのだ」

「しかし」

「しかしも案山子《かかし》もないのだ、ぶう」

真郷は困り切った表情をせつらに向けた。そして、ふらふらと宙を仰《あお》いだ。せつらが引き取って、

「僕は別の用ですが、お辞《や》めになるなら、それはそれで」

「同じ穴のムジナか」

真郷は恍惚《こうこつ》たる顔で呻《うめ》いた。夢中で顔を左右にふって、

「絶対に辞退などせんぞ」

外谷が、むうと唸《うな》るより、右手が風を切るほうが早かった。

ぼいん、と鈍《にぶ》い音がして、真郷の頭が吹っとんだ。

「あら、ぶう」

足下《あしもと》に転がって来た生首を見てにんまりと笑った外谷が、不意に驚きの表情をこしらえた。

真郷の首は――精巧無比《せいこうむひ》な作りものであった。

一滴の血も流さずに立つ胴体を、せつらは見つめた。

「化物《ばけもの》め」

外谷の二撃がボディに食い込み、人形は仰向《あおむ》けに倒れた。

「えいえい」

と踏み潰《つぶ》すでぶを止めもせず、ようやく、潰し終えたところで、

「来たよ」

とロビーの奥を指さした。

ドアの向こうから精悍《せいかん》そのものの大男たちが拳銃《けんじゅう》を手に現われた。一五名。その顔が急速に翳《かげ》った。窓のシャッターが下りたのだ。

一五の銃口が外谷とせつらを向いている。それが急に下りた。床へ落ちた拳銃には手首から先がついていた。せつらの妖糸だ。しかし、一滴の血も流れない上、苦痛の表情を浮かべる者もない。

「人形だな、ぶう」

外谷は既《すで》に看破《かんぱ》している。

「縛《しば》れ」

とせつらに命じた。

「どうして？」

「痛めつけてくれる」

手足の自由を奪《うば》って、圧倒的に優位な立場からぶ

ちのめしてやろうという腹だ。

「GO」

せつらの声を合図に、血を流さぬ男たちは、素早く床を蹴《け》って、外谷の頭上に躍《おど》った。

ちら、と殺意を込めた眼でせつらを見たのも束《つか》の間《ま》、外谷もまた床を蹴るや、そいつらのど真ん中をぶち抜いて、肥満の大の字を描いた。

「ぶう」

人形どもに見上げられる快感に、外谷は恍惚としている。

それから四肢《しし》が閃《ひらめ》いた。

人形たちの四肢もまた。

鋭くしなやかなパンチとキック――対して、ぶよついた重い拳《こぶし》と蹴り。しかも、前者の数は一五倍だ。

せつらは見た。人形たちの手足は外谷の巨体に触れもせず、外谷の攻撃はことごとく命中して、人形たちは空中で破壊され、形も見極《みきわ》めぬ部品と化して床に散らばった。

ドン、と着地するや、外谷は大見得《おおみえ》を切ってから立ち上がった。満足の絶頂状態だ。人形でも人間でも、やっつければ幸せなのだ。

「全部、人形」

せつらは茫《ぼう》としてつぶやいた。

それを見て、

「わざとあたしと戦わせたな」

と外谷がじと目で言った。

「いくら人形でも一方的に手足をもがれたり、腹を裂《さ》かれるのは考えものだ。ここはフェアにいきたいと」

「ふん。偽善者め」

外谷はまたも見得を切りながら、鼻をひくつかせた。

「くんくん。待て。人間がいるぞ」

「え？」

「あそこだ、ぶう」

外谷が指さしたのは、人形たちが出て来たドアであり、次の瞬間、鋭い苦鳴《くめい》とともに、中年男がひとり現われた。ぎくしゃくとした動きは、その全身を絡《から》め取ったせつらの妖糸のせいである。

でんでんでんと外谷が駆け寄り、苦痛のあまり白《しら》けた表情の男に、

「名を名乗れ」

と命じた。

「素直にしゃべらないと、舌を抜くぞ、ぶう」

糸の痛みより、そちらのほうが怖《こわ》かったのか、男はきしるような声で、

「や、矢島俊一《やじましゅんいち》……と申します」

「何者だ？」

「当工房の……マネージャー……で」

「なら、真郷の裏も表も見知ってるな」

「は……はい」

矢島は全身から汗を噴《ふ》いていた。明らかに眼前の恐怖に怯《おび》え切っているのだった。

いかにも優男《やさおとこ》といった感じの顔をしげしげと見つめ、外谷はにんまりと笑った。

「なかなか、いい男だな、ぶう」

「…………」

「何とか言え、こら」

胸《むな》ぐらを摑《つか》んで揺《ゆ》すった。

「いい男だと言った途端に失神してる」

せつらが割って入った。

「よっぽど怖かったらしいぞ。こんな恐怖の表情は久しぶりに見た」

白眼を剝《む》き、涎《よだれ》を垂《た》らしまくりの優男の顔を眺《なが》めているうちに、外谷の全身はみるみる憎悪に包まれた。

「何だ、こいつ。あたしが褒《ほ》めたのに、怖くて失神？　許さない、ぶう」

「まあまあ」

せつらはその肩を叩《たた》いて、逆に火に油を注いだ。

「何さ、こいつの気持ちがわかるとか言うんじゃな

かろうな、ぶう？」

「いや、まあ、その」

せつらは曖昧なままだ。曖昧にせざるを得ない。

「あーあー」

アナウンサーみたいに喉《のど》の調子を確かめているうちに、外谷が矢島の首を本気で絞《し》めはじめたので、
よしたまえと止めに入った。

「何さ、よしたまえって？　いつもならよせだろ。なにを気取っているのだ、ぶう」

「殺したら何も訊《き》けなくなる。後にしろ」

「それもそうだわさ」

理屈はわかるらしい。

矢島の後ろに廻ると、背骨の上の方に片膝を当てて、

「えい」

押した途端に息を吹き返した。活を入れたのだ。武道の心得《こころえ》もあるらしい。

眼を醒《さ》ました矢島と外谷の間に、ひょいとせつらの顔が入った。

「真郷長臨は何処《どこ》にいる？」

「し……知らない」

うっとりと反抗した。

「何処？」

せつらが重ねた。

「……奥……だ」

「ぶう」

外谷が走り出した。

矢島を起こして、せつらも後に続く。

2

ドアの向こうは工房であった。

「あれれ？」

外谷が眼を丸くした。
五、六〇畳はある部屋で、かなりの人数が人形制作にいそしんでいる。

四方の棚には、作りかけか完成品か、無数の顔や手足が丁寧《ていねい》に収納され、工房というより病院の不気味《ぶきみ》な保存室といった印象だ。深夜、ここで人形たちの凝視《ぎょうし》を受けたら、まともではいられまい。

「あれは——おまえだ」

せつらが指さす先を見て、外谷が眼を剝いた。

左前方の壁に立てかけられているのは、まぎれもない自分だったからだ。服も着ている。しかし、何より、生身そのものの肌の質感、眼鼻や唇のそれらしさ、そして、ぼよよん体型——まるで本物だ。

せつらが感心しているうちに、外谷がでんでんと人形に近づき、じっとその顔を覗き込んだ。

今でも〈歌舞伎町〉へ行くと、古風な「ガマの油売り」が店を出している。

商品の効能は、あらゆる創傷《そうしょう》をたちどころに塞《ふさ》ぐというものだが、その商品——ガマの油の抽出《ちゅうしゅつ》の実演が、これも香具師《やし》の口上《こうじょう》どおりで面白い。

「捕まえたガマを、四面鏡張りの箱の中に閉じ込めておくと、ガマは自分の顔の醜《みにく》さに恐怖し、全身から冷汗ならぬ油をタラタラと流す——それを集め、四〇日間、じっくりと煮つめた挙句《あげく》に、鍋の底に残ったのが、この油」

今、外谷の顔を流れていく光るすじがそれか。

「効きそうだなあ」

せつらがつぶやいた瞬間、人形が直立した。

反射的に外谷も跳《と》んで身構《みがま》える。

「きええ〜っ」

人形と本体——どちらの声ともわからない。

せつらの眼は、空中で放たれた廻し蹴りと互いにブロックする二人を映した。

「むう」

唸り声も同じ。

「えいっ」

続けざまに突きを出し、ぼよんと胸で受けるや、何のつもりかでかい尻を叩きつけ、反動で左右に吹っとび、壁に激突してついに床上に落ちるまで、阿《あ》呆《ほ》らしくなるくらいに瓜《うり》二つであった。

ふええ〜〜と横たわった肉玉に、せつらは近づいて、一応、

「大丈夫？」

と訊いた。

「よいしょ」

ひと声で跳ね上がったのには、さすがのせつらも驚いた。

人形のほうは動かない。よく見ると、手足も首ももげている。

「勝ったぞ、ぶう」

外谷はゴリラのように両腕でドラミングを始めた。せつらは黙って見ていた。

この間に、工房の連中は棒立ちになっていたが、ひとりも逃げ出したり、警察に連絡しようとしなかったのは、外谷の戦いぶりよりも、せつらの美貌《びぼう》を見てしまったせいかもしれない。

せつらは背後の矢島へ、

「あれ、何？」

と訊いた。

しゃっちょこばったまま、矢島は、

「外谷の人形です」

「そんなことはわかってる。なぜ、あんなものを作った？」

「それは——師匠の命令です。目的はわかりません」

「あたしの美しさにまいったのだ、ぶう」

当人の意見をせつらは無視した。

「他には？」

沈黙に続いて、矢島は痙攣《けいれん》した。声も出ない。骨まで食い込む痛みが少し緩《ゆる》んだ。

はっと息を吐いて、

「……き……君の人形も……」

「ほお」

せつらの眼が光った。何か思いついたのだ。

「何処にある？」

「制作は……中止になった……幾《いく》ら似せようと……してても……上手《うま》く……いかない」

「なぜ、あたしは上手くいったのだ？」

外谷が絡んだ。

「そ……それは……」

「あれは〈区長〉だな」

せつらの眼は、外谷の人形が寄りかかっていた壁の隣を示していた。

「そうだ」

「これだけか？」

「……ドクター……メフィストのも……しかし……失敗した……君のと同じ……理由だ」

「他の候補者は？」

「……知らん」

「ふうん。師匠は何処？」

「知らん……さっきまで……ここにいたんだ」

「何してた？」

「……君のに……アタック……してた……」

せつらは周《まわ》りの弟子たちへ眼をやって、

「どなたか、師匠の行方をご存じですか？」

またひと足遅れて、の続行かと思った。

本来ならしゃべりっこない。師匠の敵だと一発で明らかだ。ところが、

「あっちです」

若い男だった。うっとりとせつらから眼を逸《そ》らさず、右方の棚を示す。

「莫迦《ばか》……」

矢島が身悶《みもだ》えた。

「行くぞ、ぶう」

外谷がジャンプして見せた。

あまり揺れなかった。

「しっかりしてる」

せつらは爪先《つまさき》で床を打った。外谷はもう棚へと向かっている。

せつらも走った。

矢島もついて来た。

外谷が棚を動かすと、すぐ右へスライドした。

棚の向こうには街が広がっていた。

外谷が前に立ちはだかっているので、せつらはでぶの肩越しに向こうを覗くしかなかったが、それでも見覚えのある街並みと通り、行き交う車や人々の姿は鮮明であった。

「〈歌舞伎町〉だぞ、ぶう」

外谷の声に、せつらもうなずくしかなかった。

工房の奥に、このような〝街〟をこしらえ、真郷は何をしようとしているのか？

――罠《わな》かな？

ふと思った。

そろそろ来る頃かと思っていたのかもしれない。

ぼん、と外谷が跳んだ。

「あ」

と吐く前に、でん、と路上にあった。

仕様がない。

せつらも偽りの道を歩き出した。


矢島も一緒だ。

「あ、連れて来たのか、ぶう？」

外谷は舌舐《したな》めずりをした。矢島を狙っている。

「よくやった、ぶう」

「先に行け」

糸のひと捻《ひね》りで、矢島は二人の前へ出た。

「出動だ、ぶう」

外谷が右手を高く上げ、三人は偽りの雑踏《ざっとう》へと歩き出した。

「おまえの好きな女はどんなタイプだ？」

外谷が矢島の横へ行き、小声でささやいた。

「返事によっては、糸をゆるめてやるぞ」

「……ほ……ほ……本当ですか？」

「お任《まか》せ、ぶう」

「――何をこそこそ？」

せつらが訊いた。田舎芝居《いなかしばい》である。外谷のささやきは、普通人の普通の声量と等しい。世の中にこれほど意味がない行為も珍しいだろう。

「――何でもないのだ。それより、いつ、真郷がちょっかいを出してくるかわからない。気をつけるのだ、ぶう」

そこはどう見ても〈歌舞伎町〉の中央――かつての〈噴水広場〉であった。

ふり向くと、ドアなど影も形もない。

ビルが並んでいるばかりだ。

「大したものだぞ、ぶう」

外谷が感心したのももっともだ。有能な魔道士が生み出す幻覚でもこうはいかない。

「そうでもないよ」

せつらの右手が、ちらと動いた。

三人の横を行く家族連れの父親の首がぽんと落ちた。

「ありゃりゃ？」

外谷の驚きも当然だ。街路に転がったのは、人形の首だったのである。

首なしの父親は、少しも騒がず、それを拾い上げると、切り口に乗せて、平然と歩き出した。隣の夫人も、二人の子供たちも驚いたふうはない。

雑踏に呑《の》み込まれる三人を見送り、

「あの亭主、首が後ろ向いていたぞ、ぶう」

外谷が眉《まゆ》をひそめ、でんでん、と近くのビルに歩み寄った。

「あの」

矢島が前へ出ようとして硬直した。

ビルの壁面を前にするや、外谷はいきなり蹴りを入れた。

ハイヒールをはいた練馬《ねりま》大根のような脚《あし》であった。

それが膝までめり込んだのである。

「あー、やっぱり」

ずぼ、と脚を引き抜き、壁面にミットのような手を当てて、

「これはボール紙だぞ、ぶう」

「師匠、やるね」

せつらの声に、矢島は、はあ、とだけ答えた。妖糸の成果だ。

「こんなものこしらえて、何をするつもりだった?」

せつらの問いに、ようやく、

「人形に生命を吹き込むためです。偽りの人間が生きるためには偽りの街が必要なのです」

「そうして、どうする?」

「…………」

「質問をチェンジする——ここで生命を得た人形をどうするつもりだ?」

「……うげ」

「さあ」

と促《うなが》す。何と美しい、何と冷たい、何と茫洋《ぼうよう》たる顔か。

「依頼の殆《ほとん》どは……入れ替え……です」

「むむ」

外谷が緊張の表情を作った。

「すると、あの人形とあたしを?」

「いや、はっきりそうだとは。師匠は女性に対して変な趣味を持っていますから、それで——あっ⁉」

気がついたときは、外谷のミット手が、優男の顔を包んでいた。

「むー」

骨がぎしぎしと鳴った。

「ぎええ」

「やめろ」

せつらのひと声がなかったら、矢島の顔は粉砕《ふんさい》されていたかもしれない。

「愛されているなあ」

「うるさい、ぶう」

外谷が怒りの声を上げたとき、雑踏の中から、おびただしい足音が駆け寄って来た。

老若男女《ろうにゃくなんにょ》を問わず、というべきか。日本刀や拳銃を摑んだ連中が、四方から殺到して来たのだ。

「伏せ」

せつらのひと声で三人が身を伏せた。

銃声が轟《とどろ》いた。

一〇歳前後と思《おぼ》しい少年がオートマチックの引金《ひきがね》を引いたのだ。

「ひえぇ」

外谷が身を震《ふる》わせた。

「当たった？」

外谷は両手で尻を押さえていた。

「意味がなかったか」

伏せろと言ったことである。立っても伏せても変わらないのであった。

ひえぇ、ひえぇと騒ぐ外谷の尻をひとつ叩いて、せつらは妖糸をふるった。

子供の手首から先がオートマチックごと吹っとんだ。鮮血が舞った。

「本物か」

承知の上なのか、せつらの声も表情も平然たるものだ。

うおおと斬りかかって来た中年のサラリーマンふうが二名、日本刀ごと宙に舞い、頭から路上に落ちた。脳漿《のうしょう》がとび散った。攻撃者に対して、せつらに人形と人間《ひと》の区別はない。

3

それから一六人ばかりが腕を落とされ、首を失い――ようやく攻撃は熄《や》んだ。美しく茫洋たる若者の正体が、ようやく人形の国に知れ渡ったのである。

「何故《なぜ》、襲って来る？」

「彼らは人形なんだ」

矢島の声は震えていた。痛みよりも、美しい若者が怖くなったのだ。一〇〇歳を超えたと思しい老婆の首が、何のためらいもなくとんだのを、彼は目撃していた。

外谷が顔中を歪《ゆが》めて、

「斬られたら、血が出たぞ、ぶう」

と抗議をした。

「人形としての生命を植えつけられているという意味だ。だから、師匠の命令には一も二もなく従うんだ。いや、そのうち本物の人形と同じく、血も出なくなってくる」

「何とかできるか？」

「いや、これは師匠だけの技だ」

「では仕方がない――次は彼らの矢面《やおもて》に立ってもらおう」

「待ってくれ。僕を殺す気か？」

「連れて来たのは、この街の正体を明かすのと、楯《たて》としてだ。前のがわかった以上、残りはあと半分」

冷酷《れいこく》では決してない、春爛漫《はるらんまん》たる返事に、矢島は震え上がった。

「やめてくれ。お願いだ。ぼ、僕には長野《ながの》に家族がいる」

「それは襲撃者に」

「ぬははははは」

外谷が腹を抱《かか》えて笑い、物足りないのか、ぱんぱんと平手打ちにした。

「自分の役割がわかったか。おまえはそうなるしかないのだ、ぶう。それが嫌だったら、今晩あたしと付き合うのだ、ぶう」

「ちょっと」

せつらが咎《とが》めたが、外谷は、がははと笑ってやり過ごした。

車のエンジン音が近づいて来た。

ゴジラが顔を覗かせている〈東宝《とうほう》ビル〉を背に、二台の選挙カーが停止、造花を胸につけた背広姿の男たちが路上に降り立った。

「あれ？」

せつらが首を傾《かし》げた。

二人の男は、マイクを手にした真郷と梶原だったのである。

きょとんと見ているうちに、二人は思い思いに今回の抱負を語りはじめた。

真郷は、

「不肖《ふしょう》真郷長臨、一介《いっかい》の人形作りの分際《ぶんざい》で〈新宿区長〉などという栄光の職に立候補いたしましたのは、この街の、あまりの不法、腐敗ぶりに胸を痛めた結果であります。〈区〉に漲《みなぎ》る妖気妖物《ようぶつ》の類《たぐい》を一掃《いっそう》すべく私は誓います、私の制作した人形を、妖物どもと入れ替えることを。かくて妖物はボール紙のハリボテと化し、人々の脅威の座からふるい落とされます。もうひとつ――対立候補を誹謗《ひぼう》するようで申し訳ありませんが、外谷良子候補もまた、妖物たちの墓碑銘《ぼひめい》に加わるでありましょう。あれは、この世に生きていてはならぬ生き物であります。可《か》及的速《きゅうてきすみ》やかに人形と入れ替え、この偽りの〈新宿〉にのみ生きる無力なでぶとしなければなりません。しかしながら、あの凶暴なでぶに鈴をつけられる者はおりません。これから先も現われないでしょう。不肖、この真郷のみが、誰ひとり傷つけることもなく、あの太った魔性《ましょう》を無力化することが可能です。では、どうやるか、それを今、具体的にお見せいたしましょう」

彼は背後の運動員たちに何か命じた。彼らは車の中に戻って、何やら運び出して来た。観衆がどよめいた。それは肥満し切った人形の生首と胴と手足であった。

言うまでもない、外谷のものだ。

「あー」

とこちらの外谷が呻いた。

「さあ、ご覧ください。今ここで、この人形に生命を与え、外谷良子を誕生させましょう。同時に、生身の外谷は人形の運命を与えられ、永久にこの偽りの〈歌舞伎町〉をうろつくでぶのホームレスとなって一生を終わります。さあ、いかが？」

拍手が巻き起こった。

「殺せえ」

「おれはあいつに一生を駄目《だめ》にされた」

「ノコギリ引きにしろ」

「キロ五〇円で肉屋に売っちまえ」

「一家に一四、地下の外谷」

「何だ、あれ？」

せつらが矢島に訊いた。外谷はかたわらで、太い眉を寄せている。

「噂《うわさ》では、ディスポーザー代わりかと」

「ふむ」

せつらは強くうなずき、正直な矢島は外谷の尻を押しつけられる羽目になった。せつらが止めなければ窒息していただろう。

「やめさせるのだ、ぶう」

外谷は選挙カーを指さして喚《わめ》いた。

「ご勝手に。後方を支援する」

「むう」

外谷は殴《なぐ》り込んだ。

止めようとしたボディガードは、たちまち殴り倒され、蹴散らされ、尻で潰されて壊滅状態に陥《おちい》った。武器を使おうとした連中は、片端《かたはし》からその腕を斬り落とされた。支援者の糸だ。

血は一滴も流れなかった。彼らはみな人形であった。

「ふむ、他愛《たあい》ない奴らだ」

ぱんぱんと手をはたく外谷へ、

「真郷はどうした？」

こう訊くと、

「あーっ⁉」

と眼を三角にした。ボディガードと闘《たたか》っただけで満足したらしい。

「もういい」

追いかけようとするのを止めて、せつらは真郷が姿を消したラブホテル街の方を見据《みす》えた。

「何処へ行っても逃げられない」

そして、矢島を先頭に立てて歩きはじめた。

世界に冠たる〈歌舞伎町〝ラブホテル街〟〉は、〈旧区役所通り〉をはさんで左右に分かれ、どちらも坂の上にある。

「面白そうね、ぶう」

外谷は浮き浮きと矢島の方を眺めた。眼は獣欲にぎらついている。

矢島がぶつぶつ言い出した。こっちも予想が的中しすぎているらしい。期待充分なのだ。

「何と言っているのだ?」

外谷にはロクに聞き取れないらしい。念仏に近いのだ。せつらは首を傾げ、

〝死んだほうがましだ〟

「それを繰り返しているのか、ぶう?」

「そ」

「この野郎」

と右脚のような右腕をふり上げた瞬間、何処かから銃声が轟いた。

「あれれ」

「ここにいて」

せつらは外谷へ、

「二人きりの世界を」

こう言って地を蹴《け》った。

黒い魔鳥のごとく、ホテル街の一角へと飛翔《ひしょう》していく姿を見送ってから、外谷は矢島の方を向き直った。

「うげげ」

苦鳴ではない、笑いだ。

矢島は失神した。


せつらが舞い下りたのは、三〇メートルほど離れたラブホの屋上であった。真郷に巻いておいた糸は二階の一室に消えている。

昇降口へは寄らず、せつらはもう一度、手すりを越えて空中へ身を躍らせた。

今度は宙をとばず、壁面を逆さまに歩いて二階の窓を覗いた。

派手に回転する、いわゆる〝夢のドリーム大回転ベッド〟という奴の上に、真郷が仰向けに倒れてい

た。

「やっぱり」

左胸に一発射ち込《う》まれた真郷の姿は、人形のそれであった。せつらの言葉は、巻きついた糸の伝える手応《てごた》えによるものだ。

窓を破って侵入する必要はなかった。一〇〇〇分の一ミクロンの妖糸は、存在しないはずの隙間《すきま》を探《さぐ》り出して、易々《やすやす》と侵入してしまうし、何より、真郷に巻いた妖糸が生きている。

室内に敵の姿はなかった。遺留品もゼロだ。真郷の逃亡は予定外の行動だから、待ち伏せしていたわけでもあるまい。後を尾《つ》けたのだ。そして、緊張状態にある真郷が迎え入れるほどの仲だったに違いない。

「本物か」

こうつぶやいたとき、部屋のドアが開いて、キイを手にした中年女が入って来た。フロント係だろう。

せつらともろ眼が合った。

「しまった」

恍惚となっても、警察の尋問を受ければ、せつらの正体は白日《はくじつ》の下《もと》にさらされてしまう。さすがに首を落とすわけにもいかない。

せつらは屋上へは戻らず、直接、外谷と矢島を残した坂道の上へ舞い下りた。

「いない」

それはわかっていた。

二人に巻きつけていた妖糸は、すぐ近くのホテルへと続いていた。

「我慢できなかったのかあ」

ホテルの名は、

「アニマル」

であった。

せつらは何も言わなかった。あまりにぴたり過ぎて絶句したのである。

だが、それ以上の情報を仕入れる前に、玄関から外谷たちが現われた。矢島は指で弾《はじ》けば倒れそうな足取りであった。外谷は四股《しこ》でも踏めそうなくらい元気な歩きっぷりだ。

「お疲れ様」

せつらは二人を労《ねぎら》った。

「とんでもないざますわ」

今度こそ、天地がひっくり返るのはあり得る、とせつらは確信した。ざますわ？

外谷はいきなりホテルを指さして、

「あんたのとこはどうだったか知らないけど、この街のホテルは、みんなハリボテなのだ。あたしは騙《だま》されないぞ、ぶう」

「どうなった？」

せつらは質問の相手に矢島を選んだ。どう考えても、こちらのほうが冷静だ。

「いや、その、受付に行ったら、誰もいないんだ。こりゃ金払わないでできるぞと、この、で——太った小母《おば》さんが喜んで、そこいら中、でんでん跳ね廻ったら、あんた、床はぬけるわ、天井は落ちてくるわ。何たる安普請《やすぶしん》だ——と思ったら、何から何までボール紙じゃないか。いや、助かった」

「何さ、ぶう」

「いや、残念だった」

矢島は吐きそうな顔で言った。

「真郷はどうしたのさ？」

「殺《や》られたよ——人形がね」

「えーっ、あれ人形？　嘘《うそ》だー。でも、誰に殺されたのさ、ぶう」

「わからない。犯人は真郷を追いかけて来たんだ。そして、部屋へ入ってから射殺してのけた」

「へえ。じゃ、あそこにいたんだ。誰だろう、ぶう」

「フロント係もいなかったから、すんなり入れたんだ。だが、奴が逃げてからフロント係が現われ、僕は顔を見られた」

「あちゃあ、あちゃあ。それが狙《ねら》いだったのか。付き合いはここまでだ。〈警察〉にあたしの名前は出さないのだぞ、ぶう」

「僕のも」

矢島が慌ててつけ加えた。

「もうひとり——あたしたちと同じ、まともな人間がいたのだな、ぶう」

外谷が感慨《かんがい》深そうに言った。人形の真郷を射殺した犯人のことだ。

「本物の真郷は何処？」

せつらの問いは、また矢島に向かった。

「さっぱりだ。まさか、人形だとは思わなかった」

「すると、あいつはすっかり人形に取って替わられたわけか、ぶう。やはりこの街ん中だわさ」

「いや、正直に言うと、入れ替わりができるほどの人形はそうそうは作れない。大概《たいがい》は九割なんぼの出来でやっちまうんだ。だから、必ずしも入れ替えが完璧《かんぺき》とは限らない」

「すると、あたしが潰した人形は、出来損《そこ》ないだったのか、ぶう」

「でなければ、あんたは今頃、人形に化けてるよ」

「むむむ」

矢島はせつらの方を向かず、

「あんたは無理だが、他の連中はやられちまうな。早いところ師匠を止めないと、ゾンビみたいに、この街の住人になっちまうぞ」

外谷とせつらは黙念《もくねん》と立ち尽くした。矢島の言葉が決して脅《おど》しではないことを、彼らは理解できた。

ここでも選挙戦はあった。

〈区〉では、今がたけなわだ。

「帰るぞ、ぶう」

と外谷が言った。せつらにも異議はなかった。

第九章　人形町《まち》

1

「真郷人形王国」を出ると、恐ろしいことが起こった。

「飲んで行くのだ」

と外谷が言い出したのである。

「遠慮する」

「うるさい」

がっちりと腕をきめられ、せつらは引きずられるようにして、近くの飲み屋へ入った。

陽《ひ》はまだ高いが、店の中はほぼ満員であった。

「メニューの値段が随分《ずいぶん》下がってるわね。焼鳥一串《くし》が六〇円。前は八〇円だったわさ」

「不景気だからね」

とせつら。数年前から〈区外〉を直撃している大不況が、〈魔界都市〉にもちょっかいを出し始めたのだ。自給自足率が世界一高い〈新宿〉は、経済的にも〈区外〉の影響を蒙《こうむ》ることは少ないが、ゼロとはいかない。最近ホームレスの姿が少ないのは、裕福になったせいではなく、逆に増えすぎて、妖物《ようぶつ》の餌食《えじき》になる連中が多いためだ。この店の客の大半は、ヤケ酒組だろう。

奇妙なことに、二人が席に着くや、他の客たちが、後から後から押しかけて来た。

「まあ、一杯」

と外谷に銚子《ちょうし》を突き出し、

「あ、どーも」

とコップ酒で受けると、

「功徳功徳《くどくくどく》」

肩や背中をぺたぺた叩《たた》いて去っていく。皿ごと、つまみを置いてく奴《やつ》もいる。それがひっきりなしなので、さすがに外谷も困惑《こんわく》したらしく、

「何かしら、あれ?」

と、あるのかないのかわからない首を傾《かし》げた。

「初めて?」

とせつら。

「いや。近頃飲みに行くと必ず来るのだ。おかげで酒代《さかだい》はかからないんだけど、ブキミだわ、ぶぅ」

「心理的にまいらせようという商売敵《しょうばいがたき》の作戦でもなさそうだけど、ふむ」

せつらは、ようやく途切《とぎ》れそうな客の列を眺《なが》めていたが、ついに、

「わかった」

と手を叩いた。

「何がだ？」

「今の酔っ払い、君を拝《おが》んでった」

ぐいと指さして、

「君は布袋《ほてい》さまだ」

「は？」

「大黒《だいこく》さまでもいい――とにかく、お目出度《めでた》いんだ。家内安全《かないあんぜん》、商売繁盛《しょうばいはんじょう》、無病息災《むびょうそくさい》、ここ掘れぶうぶう」

「最後のは何だ？」

「とにかく、福が来るように見えるんだろ。つまり、神さまだ。みんなが触《さわ》ってくのがその証拠だ」

「すると、このお酒とおつまみは？」

「供物《くもつ》だ、供物。虚無《きょむ》への――じゃない、でぶへの供物」

「――何だ、それは？」

ビール瓶《びん》片手に立《た》ち上がる外谷を何とか押し留《とど》めた。参拝者の列が絶えると、その間、何やら思いついたらしく、じっとだぶついたボディを見つめていたせつらは、小さく、

「まさか」

とつぶやいた。

「いや、そうだ。まさかだ。だから――」

茫洋《ぼうよう》たる雰囲気は一瞬で消し飛び、おい、と睨《にら》みつけるそのふぅは、外谷でさえ初めて眼にする執念《しゅうねん》の塊《かたまり》であった。

「ひとつ訊《き》きたい」

真《ま》っ向《こう》勝負のごとく眼《め》を据《す》えられ、外谷はつい気《け》

圧《お》されて、

「ななななにさ？」

と踏んばってみたものの、せつらはなおも勢いを加えて、すうーっと美貌《びぼう》を寄せ、それを美しいと思う間もなく、

「――何故《なぜ》、立候補した？」

「え？」

「政界へ出てうまい汁を吸うためか？」

「なななにを言うのだ？」

外谷は猛然と叫んだ。

「あたしは腐敗した現〈区政〉の横暴から〈区民〉を救うために――」

ここで、あれ？　と首をひねった。と言っても、あまり短いから、身体《からだ》もころんと傾《かたむ》いてしまう。

「あれって？」

せつらの声は茫洋を取り戻している。厄介《やっかい》だ。

外谷は何度も宙を仰《あお》ぎ、眼のやり場に苦労しているように見えた。思考が混乱中なのだ。このままで一生を終えてくれたらいいなと、せつらは考えたかもしれない。

「いや」

と外谷は言った。顔は前に、眼は宙に据えている。

「あたしは〈区民〉のために立ったのだ。〈新宿〉は今や、〈区外〉の中心部さえ凌《しの》ぐ経済的繁栄を誇る宝の箱なのだ。それを現在のような金の亡者《もうじゃ》どもに任《まか》せてはおけないのだ、のだのだ」

そうかもしれない、とせつらは思った。恐らく〈新宿〉の誰ひとり想像もしないだろうが、今回、このでぶは正義の味方なのかもしれない。

そのとき、店員が、料理を運んで来た。値下げが効いたのか、大皿に一〇〇本山盛りの焼鳥とビールの大ジョッキ一〇杯である。

今回、はじめて外谷の〈ぶうぶうパラダイス〉を訪れたとき、外谷と一緒に部屋を出て行ったビデオの影――あれは誰だと訊くと、

「あれは虹垣竜斎だわさ」

と来た。

「やっぱり――大食い選手権に出場しに行ったとか？」

「何よ、それ？」

「何でも。しかし、竜斎と組んでたんだ」

「とーんでもないわさ」

外谷は片手に一〇本ずつ握ってハツやレバーや軟骨やネギマにまとめてかぶりつき、ぐいと串だけを引き抜くと、中身をバリボリと噛《か》み砕《くだ》き、引き裂《さ》き、あっという間に呑《の》み込んでしまった。それから大ジョッキをぐい〜〜〜〜と空《あ》け、ぶはあと吐息、口の周《まわ》りの泡を手の甲で拭《ぬぐ》った。凄《すさ》まじいとしか言いようがない。

これでタオルを頭に巻き、どてらでも着て大胡座《あぐら》をかけば無法松《むほうまつ》の一生、墨《すみ》で口の周りを囲んでから、一〇枚重ねの座布団《ざぶとん》に乗ったら、伝馬町《てんまちょう》の牢《ろう》名主《なぬし》だ、とせつらは確信した――に違いない。

店員に頼んで、座敷への上がり口に丼《どんぶり》をひとつ置いた。次々に客や店の者がやって来て、一〇〇円、五〇円、一〇円玉を放り込み、外谷を拝んで去った。万札《まんさつ》を奮発《ふんぱつ》する奴までいたから驚く。

「虹垣とはあれきりなのだ。二人で他の奴を蹴落《けお》として、利益は山分けと思ったんだけど、あのヤロー、取り分が少ないってゴネはじめたのだ。で、路上で一発かましてそれっきりなのだ。死んだかもしれない」

「そう言や、見てないな、ここんとこ」

一発？　それは危ない。あれ以来、虹垣を見かけないわけだ。

「ところで、まだ神さまか？」

と自分を指さすでぶへ、

「少なくとも選挙が終わるまでは、ね。それと、真の相手が誰か、もうわかったよね？」

と訊いてみた。

「むう。真郷長臨ではないのか？」

「いい性格だなあ」

「それほどでもないけど、ぶぅ」

満更《まんざら》でもなさそうだ。

「しかし、あいつめ、自分の工房で〈歌舞伎町〉の町並みを再現していたぞ。ひょっとして、現実の〈新宿〉をつぶして、〝人形町《まち》〟の世界を作ろうとしているんじゃないのか、ぶぅ？」

「………」

「大したものだ。あたしたちは知らぬ間に取って代わられていくのかもしれない。少なくとも真郷の現在の狙《ねら》いはそれだろう」

「そうだ」

「ところが、あたしの考えでは、真郷の未来は破壊しなくちゃあいけない」

「どうして？」

「あいつの野心はもっとでかいからさ」

「それは？」

訊かないほうがよかった、とせつらは思ったに違いない。外谷は勿体《もったい》もつけずにこう言った。

「この宇宙の人形化だわさ」

「そこまでは」

「あんたも〈新宿〉だけの人間かい？　それでもいいけど、人形になってからあわてても遅いぞ、ぶぅ」

「いくら何でも、あいつひとりで、そんな」

外谷は、せつらを指さし、

「ぶぅぶぅ」

と言った。ピンポーンの意味だろう。

「やっぱり、あいつか」

とせつらはつぶやいた。

〈大江戸線都庁前駅〉のホームで、忽然《こつぜん》と小屋から出現した途方もなく巨大で邪悪な存在。あれが、真郷長臨の後《うし》ろ盾《だて》だったのだ。この世の存在ではない。否《いな》、正しくは、この世に出て来ていない存在だ。それがこの世の存在になったとき、人は人形と化し、人形は生命を得る。

「ふうむ。あいつが出て来る。だからこいつが——」

「何を見ているのだ？」

と外谷が不平面《ふへいづら》をこしらえた。

「いや。まだ確証はない。とにかく、真郷とあとひとりを捕らえなくては」

「あとひとり？」

訝《いぶか》しげな外谷へ、

「真郷は喚《よ》び出すための道具だけれど、喚び出し役——魔法使いは他にいる。浅黄だ」

プラットホームの小屋から、消失した男であった。

「喚び出すって何をさ？」

「宇宙を人形に変えようって企《たくら》んでる奴だ」

「真郷ではないのか、ぶう？」

「十中八九《じっちゅうはっく》」

「では奴らは何を喚び出そうとしているのだ？」

「神秘学が考え、魔法使いが実際にやってのけようとしたものさ」

外谷は宙を見上げて首を傾げた。

「ここまで来てわからない？」

せつらは少し呆《あき》れていたに違いない。

「もういい。最初は君がそれだと思ったんだけど、違うようだ」

こう言って、世にも美しい若者は、静かに外谷を見つめた。

「よく〈区長〉選に出てくれた。全〈区民〉になり代わって、礼を言う」

外谷の顔がみるみる赤く染まった。せつらの言葉が本物だと悟ったのだ。

「結婚したいのだな？」

せつらが反応するまで少しかかった。

「なに？」

「いいとも、ぶう」

「何がいい？」

「結婚だ」

「気は確かか？」

せつらの茫洋に、さざ波が立ちはじめていた。

「おまえが申し込んだのだ、ぶう」

「いつ何処《どこ》で？」

「今ここで」

「悪かった――冗談だ」

少し危険だが、これしか手はないと思った。

「許さん」

外谷は激昂《げっこう》した。手もとのジョッキを摑《つか》むとせつらに叩きつけた。それは標的の眼の前で停止し、軽《かろ》やかにテーブルへ降りた。

それが一〇個を数えたとき、外谷はようやく諦《あきら》めて、ごちょごちょ言いはじめた。

「乙女心《おとめごころ》を弄《もてあそ》んだな。出るところへ出てやるぞ、ぶう」

「落ちつけって。とにかく冗談だ、謝《あやま》る」

そのくせ、うなずいただけである。

外谷は丼を投げ、箸《はし》を投げ、ナイフとフォークも投擲《とうてき》したが、すべて見えない糸に受け取られてしまい、ついに、

「ぶひゃあ」

とひと声鳴いて諦めた。息をつぎつぎ、

「肉体的闘争ではあんたに一日《いちじつ》の長《ちょう》があるのは認めよう。しかし、婚約破棄《はき》で告訴するのはやめないぞ」

「したけりゃしろ」

せつらも諦めた。普通なら、どんな裁判官も、

「どこの世界にそんな阿呆《あほ》な」

とせつらに無罪を言い渡すだろうし、その前に、調停役が、勝てっこないからと、外谷を説得するはずだ。

しかし、相手は外谷である。

そのとき、またひとり、外谷にビールとコップを持った客が近づき、例のごとく肩を叩いて、

「おかしいな」

と首を傾げた。

「何がだ、ぶう？」

と外谷。

「いや、なんかわからないんだけど、あんたとおれは違うような気がする」

「はあ？」

外谷は露骨《ろこつ》に、狂人を見る眼でその客を睨みつけた。

「どう違うのだ、ぶう」

「ああ。何か生き生きしてるなあ」

客は羨望《せんぼう》の顔つきになって、レジへと向かった。

「何だ、あれは？」

眉《まゆ》をひそめる外谷へ、

「つまり、彼らは生き生きしてないと」

せつらは右の人さし指を、ひょいと動かし、

「普通だなあ」

と言った。今の客に巻きつけた妖糸《ようし》の伝える反応は、人間の肌そのものだったのだ。念のため、耳孔《じこう》から体内へ侵入させてみた。結果は人間であった。


「ふーむ」

外谷は訝しげな眼つきで、店内を見廻《みまわ》した。

店員も客もＢＧＭも放歌高吟《ほうかこうぎん》もお馴染《なじ》みのものだ。昼間とはいえ、飲み屋の雰囲気は変わらない。

しかし――

「おかしいぞ」

と外谷は眼を光らせ、せつらは小さくうなずいた。

浜辺で遊んでいる子供たちがふと気がつくと、満ち潮が腰までひたしていた。それに似ている。

子供たちは陸地へ、親の下《もと》へ逃げ帰ればいい。だが、いま二人の感じたものは、逃《のが》れる術《すべ》もなく、引きずり込まれようとする絶望感であった。

外谷良子にして。

せつらにして。

2

「しかし、選挙は続くのだ」

と外谷は言った。

「真郷長臨も虹垣竜斎も、梶原の糞男《くそおとこ》も、他の泡沫《ほうまつ》候補も全力を尽くしている。あたしもだ」

そのとき、店の主人らしいおっさんが、天井近くの棚に飾ってある3DモニターをONにした。外谷の方を見て首を捻《ひね》っていたから、勘《かん》づいていたのだろう。

「この時間は、選挙報道にあたりますが、今回は趣向を変えまして、候補の中から代表を一名選出——彼が他候補と素手《すて》ゴロ、すなわち殴《なぐ》り合いをしたらどうなるかをお届けすることになりました。判定は候補者たちをよく知る家族、友人、識者によって出された結果をまとめ、当局独自の推論も加えた上で、3D化した映像をお届けします。なお、この番組は夜二〇時から再放送されます。今回選出された一名は——情報局〈ぶうぶうパラダイス〉代表、外谷良子さん！」

期せずして、店内は拍手の怒濤《どとう》に満たされた。

一カ所だけ、不満げな、

「ぶう」

が聞こえた。

同時に、店のど真ん中に設置されているプロジェクターから、まんまの外谷が映し出された——否、でん、と出現したのである。慣れっこだから、誰も驚かない。

アナウンサーが、

「第一戦は外谷さん対虹垣竜斎氏」

高らかに宣言した。外谷さんは、呼び名として定着しているらしかった。

虹垣竜斎を見るのは久しぶりであった。

しかし、結果は一秒で出た。

竜斎のパンチは、すべて外谷のボディで受け止められ、竜斎自身は外谷の横殴りの張手《はりて》一発で吹っとんでしまったのである。

3D映像だから、引っくり返っても、テーブルや客は突き抜けて被害は出ない。みな慣れている。しかし、全員が席を立ち、コップや皿や瓶《びん》を持って逃げた。迫力が違うのだ。

外谷が勝利のドラミングをしたところで、二つの映像は消えた。

「製作者は、候補をよく観察しているようだね」

せつらの言葉に、外谷は、

「むう」

とだけ応じたが、何となく浮き浮きしているのは、明らかだった。

「第二戦は――」

泡沫候補が三人続き、外谷は全員右の張手で決めた。

店は興奮と賞讃《しょうさん》で沸き返り、外谷の下へは次々に客からビールと銚子が届けられた。

「あ、どーもどーも」

と受け取り、外谷は片っ端から風呂敷に包んだ。

せつらが感心したのか呆れたのか、よくわからない口調で、

「そんなものいつも用意しているの？」

「結構、届け物が多いのだ」

「手で提《さ》げてく？」

「勿論《もちろん》。どうしてだ？」

「いや、首から提げてくのが似合うんじゃないかな、と」

「どーゆー意味だ？」

外谷はせつらの喉《のど》を絞《し》め上げた。

「うぐぐ。最後の一戦だぞ」

「むう」

生命《いのち》を賭《か》けた攻防の横で、外谷の前に立ったのは、真郷長臨であった。

アナウンサーは高らかにその名を告げた。

一応拍手と歓声が湧《わ》いたが、誰の目からも勝敗の

行方は明らかだ。外谷自身も大ジョッキをグビグビやりながら、大安定の雰囲気であった。

ところが――

大熱戦に陥《おちい》ったのである。

張手とパンチ、キックと尻《ヒップ》ドロップの応酬《おうしゅう》の挙《あげ》句《く》、床上を転がり廻っての肉弾戦に移り、これは絶対外谷さんだと全員が思ったのに、真郷はあっさりと一五〇キロ超の肉玉を押しのけ、血だるまの姿で身構えた。

こっちは汗だくの外谷が、ドラミングと共に天地へ咆哮《ほうこう》し、真郷めがけてとびかかったとき――ふっと映像は消えた。

どよめきが店内を渡った。興奮の中に、明らかに不安が含まれていた。

「なかなかやるな」

と外谷が不満そうに認めた。その周りに人が群がりはじめた。

「あのお、大丈夫でしょうか？」

「手強《てごわ》い奴ですね」

「負けんでください」

「あんたひとりが、わしらの希望だで」

リーマンからホームレスまで幅広い連中が不安な表情で、外谷に手を合わせていく。

「任せて、ぶう」

と自信満々な外谷の横で、せつらは、真郷長臨の名を何度もつぶやいていた。

外谷も気になるらしく、

「何をぶつぶつ言っているのだ。まさか、真郷に買収されたとか」

「事態を考えると、そのほうがいいかな」

「むう」

怒りでふくれかけた外谷を、外からの風が叩いた。

またもどよめきが店内を渡った。声なきどよめきが。

戸口を向いた外谷が、

「あらま」

と、眼を丸くし、

「お久しぶり」

とせつらが声をかけた。

白いケープの主は、自らかがやきを放っているかのように見えた。おびただしい光の粒が肩から滑《すべ》り落ちていく。

ドクター・メフィストであった。

せつらはすばやく外谷に、

「おまえが囲ってたんじゃないのか？」

「最初はそうだったんだけど。洗脳の途中で逃げられたのだ」

「自力で逃げたのか？」

せつらは呆気《あっけ》という声を上げた。逃げ方よりも、メフィストを洗脳という言葉に驚いたのである。

「だと思うけど、わからない。要注意だ。誰かに洗脳されてる恐れがあるわさ」

「何を考えているんだ」

洗脳しようと企んだ連中への言葉であった。

「お二人とも元気そうで何よりだ」

とメフィストは、いつもの声で、いつもの口調で告げた。

「少し話がある。店内は静まり返っている。お邪魔してよろしいか？」

「はい、どーぞ」

外谷が眼を細めた。こんな一般用飲み屋で、〈魔界医師〉がどんな振舞いを見せるのか、興味津々《しんしん》なのである。

メフィストはせつらの隣に腰を下ろした。

店員が注文を取りに来た。サングラスをしているのは、仕事にならなくなってしまうからわかるが、普通のマスクまでしているのがわからない。

「何にしましょうか？」

「タンメンはあるかね？」

とメフィスト。

「い、いえ」

「タコ焼きは？」

「いえ」

「では、おでんをくれたまえ」

「は、はい」

要求に応じられる安堵《あんど》のあまり、店員はよろめいた。患者以外に与えるメフィストの雰囲気はこういうのが多い。

「それと銚子を二本。コップでよろしい」

「ははい」

店員がよろよろと厨房《ちゅうぼう》へ向かうと、

「あ、スジと糸コンを忘れずに」

スタッフと客全員が見守る中、厨房へメフィストの注文を伝えるや、店員はその場へへたり込んでしまった。

「いかんな」

立ち上がるメフィストを、

「いーから」

とせつらが押し止《とど》めた。

「どきたまえ」

「相手は患者じゃない。原因はおまえだ。近くで見たら、死ぬぞ」

ふむ、と言って、メフィストは席に戻った。店員が何とか立ち上がったこともある。

注文の品が来てから、せつらは、二人をじろりと睨んで、

「グルだな？」

と念を押した。

ノンノンと外谷が片手をふり、メフィストも同感だとうなずいた。

「じゃあ、おまえは今まで何をしてた？　地下鉄の駅で浅黄に連れてかれただろ？」

「あれは自分から失礼したのだ」

「じゃ、今まで何処で何をしていた？　推薦人らしいことなんか、何もしてない。温泉か？」

「どういう推理だね？」

「最初は何をさせてた？」

せつらは外谷へ矛先《ほこさき》を変えた。

丸顔の三重顎《あご》が斜めに傾いた。首を傾げたのである。

「それが、よくわからないのだ」

外谷はメフィストを見た。奇妙な眼つきだった。

それから、せつらへ、

「ここだけの話だけれど――あんたたちを推薦人にした理由も、思いつかないのだ」

「あのね」

せつらのクレームを、外谷は無視して、

「最初からそうなのだ。立候補してから、幾《いく》ら考えてもわからない。本当なら、選挙のプロを雇《やと》うはずだ。それが人捜《さが》し屋と〈魔界医師〉。どういう選択だ、ぶう」

「こっちが訊きたい」

メフィストもうなずいた。

このグルが、とせつらは思ったかもしれない。

「僕は対立候補と闘《や》り合った。おまえは何をした？」

返事はない。外谷を睨んだが、肩をすくめるだけだ。ちなみにこの女が肩をすくめると完全に首がなくなってしまう。

「――治療の準備だ」

メフィストの声は、二人をふり向かせた。

「私は外谷氏を敵の攻撃から守るために、君は敵を捜索し、抹殺《まっさつ》するために選ばれた。私が今まで姿を隠していたのは、攻撃するよりも傷を治す準備のほうが遥《はる》かに難しいからだ。命じたのは君だ」

「知らないぞ、あたしは」

外谷があたふたと喚《わめ》いた。またジョッキをぐーいと空けてしまう。

「覚えていないかね？　確かに君だ。ということは、本当に忘れているか、誰かが君の身体を借りて命じたに違いない」

「誰がだ？」

せつらと外谷の合唱であった。

「わかりかねる」

「何でえ」

せつらが珍しく伝法《でんぽう》な口調を使った。

メフィストは、糸コンを器用にバラして、小さな塊を口に入れた。

「夢を見た」

と言った。

「はン？」

外谷が疑わしげに眼を細めた。

「治療の準備を、私は告げられたとおり、〈亀裂〉内の遺跡で行なっていた。調査隊が未発見の超古代の医療施設だった。ある日、石のベッドで眠っているとき、巨大なもの同士が激しく戦っているのを夢の中で目撃した。だが、どのような戦いであったかと尋《たず》ねられると答えようがない。そも、あれは戦いであったのか？　戦いだとしたら、あのような戦《いく》さをするものを何と呼べばいい？」

「わからないのか？　メフィスト」

せつらは真っすぐに自分より美しい医師を見つめた。

「片方の名は口にできない。だが、もう片方は、君にしかわからない」

外谷が、二人を見て、

「ぎょっ⁉」

と言った。

「まさか……ぶう」

顔中から汗がしたたった。

「ひょっとしたら……メフィスト……あんた……」

美しい男たちは動かない。

知っているのか、知らぬのか。美だけがそこにいた。

外谷は汗を拭って、

「借金をこしらえて、ユスられているのだな」

珍しく、二人が少しコケた。

「それで、あたしに連絡をよこさなかったのか。わかった。借金はあたしが引き受けよう、ぶう」

「少し沈黙を要求する」

とせつらが言った。外谷は不平面をしたが、口をつぐんだ。

せつらは、メフィストから眼を離さず、

「どちらに従う?」

と訊いた。

三人にしか届かない低声《こごえ》であった。店内が凍りついた。

メフィストの口元が歪《ゆが》んだ。笑いの形に。外谷が、ん? と全身を緊張させた。少しふくらむ。

何と美しい笑みか、メフィストよ。

悪魔の笑いゆえに美しいのか、それは?


「そろそろ、はじまるぞ」

何処かで誰かが言った。

「良きかな良きかな。援護を出そうか?」

「必要ない。今の彼には、あれくらいのことは朝飯前だろう」

「ふむふむ」

「よしよし」

3

「あらま」

外谷がふと気づいたように、店内を見廻した。

「いつの間にか、誰もいなくなったぞ、ぶう」

「そ。みんな出て行ったね」

とせつら。

「知っていたのか、ぶう」

「やる気か、メフィスト?」

茫洋たる問いは、返事次第で、不可視《ふかし》の刃《やいば》に変わる。

だが、メフィストに通じるか。

〈新宿〉がこれほど緊張したことはあるまい。


玄関のドアを開ける音がして、足音が入って来

た。真っすぐこちらへ向かって来る。

そっち向きの外谷が、まず気がついて、眼を丸くした。

「おまえ、こんなとこで何をしているのだ、ぶう」

二人の魔人は、ふり返りもせず、せつらが、

「ご主人を捜しに来たか」

と訊いた。

相手は立ち止まって、頭を掻《か》いた。

「はあ」

とぼけたゴリラ面は、古賀雄市であった。

「これはお二人――」

とせつら、メフィストへ頭を下げて、

「選挙カーの用意はできておりますが、どうなさいますか?」

と外谷へ訊いた。

「むむむ」

外谷は腕組みをした。それどころじゃないと言いたいのだ。


「行きたまえ」

とメフィストが言った。

「そうそう」

とせつらも同意した。

「ここで三人雁首《がんくび》を並べていても仕方がない」

「真郷長臨はどうしているのだ、ぶう」

と外谷が訊いた。

「テレビによると、さっきまで〈大京町《だいきょうちょう》〉あたりで演説してました」

「虹垣竜斎は?」

「〈市谷《いちがや》〉付近を廻っているそうです。他の候補者も精力的にあちこち走り廻っています。女王様も頑張っていただかないと」

メフィストが、ふり向いた。

「女王様?」

「あっ」

とゴリラ男が口を押さえたが、

「なるほどな」

とメフィストはうなずいている。せつらも、納得顔だ。じろりと外谷を見て、

「黒いレザーのブラとパンティ？」

と訊いた。

「むむむ」

「鞭《むち》はどうした？」

「ああ」

古賀がうっとりと宙を仰いだ。欲情に身体が震えている。

「早くビシビシやってやらないと、古賀くんが欲求不満で暴れ出す」

と言った。現に、ゴリラ男は股間に手を当てて、あふんあふんとやりはじめた。

「このケダモノめ」

外谷は立ち上がった。

「おおお、お許しください、女王様」

古賀は地べたに膝《ひざ》をつき、何かの祈りみたいに、両手を上げ下げした。

「いいや、許さん。罰を与えてやる」

外谷は右手をふり上げた。何処に隠していたのか、黒い棘《とげ》付き鞭を摑んでいる。

せつらがきょとんとしているうちに、それはふり下ろされた。

小気味よい響きとともに、古賀が床をのたうち廻る。

「お、お、お許しください。女王様、ゴリラめが悪うございました」

声は、しかし苦痛と恍惚《こうこつ》に揺《ゆ》れている。

「許さん、これでもか、これでもか、びしびし」

鞭をふり下ろす外谷の顔は快感に燃えていた。SMショーもいいところだ。

黙ってスジをつまんでいたメフィストが、ふと、古賀の方を見た。

「そろそろやめないと――」

〈魔界医師〉は、悶《もだ》えるゴリラに何を感じたのか。

「むう」

外谷が不意に手を止め、古賀を睨みつけた。

「行くぞ」

「は、はい」

服もびりびり、青い痣《あざ》だらけの肌を露出しながら、古賀が立ち上がった。満身に歓《よろこ》びが溢《あふ》れている。

「おまえたちも来るのだぞ」

二人の飲み仲間に告げて、外谷は戸口へと歩き出した。

いきなり、店が揺れた。

その前でドアが開いた。

「あら」

外谷が身構えた。古賀が駆け寄って、その前に立つ。

入って来たのは、梶原であった。名前を書いたタスキをつけ、手にはマイクを握っている。

「――むう、何をしに来たのだ?」

外谷が敵意剝《む》き出しで訊いた。

「選挙演説に決まっておる」

梶原は、肉食獣を見る草食動物みたいな眼つきで言った。

「おまえこそ、何だ? 昼間から酒盛りとは豪勢なご身分だな。おお、秋せつらにドクター・メフィスト――君たちがついていて、この様《ざま》とはな。固太りと思っていたが、このところ見るたびに、ぶよついているぞ」

「言ったわねえ」

外谷が、まだ手にしていた黒い鞭をふりかぶった。

ふり下ろしたその足の下で、大地が揺れた。

「地震だ」

外谷が叫んだ。

「逃げろ」

梶原を突きとばしてドアへと向かう。ごお、と風が世界を揺らした。

店内の品々が巻き上がり、風に乗ってとんだ。

「これは？」

メフィストが右胸から生《は》えた竹串を摑んで引き抜いた。白いケープの上に、赤い染みが広がっていく。

刺された、ドクター・メフィストが刺された。いったい、何者が⁉

「うわっ⁉」

せつらが悲鳴を上げた。躍《おど》り上がった銚子が、こめかみにぶつかって砕け散った。

こんなはずはない。断じてこんなはずはない。いかなる敵のいかなる攻撃であろうと、ドクター・メフィスト、秋せつら——この二人が為《な》す術《すべ》もなくそれを受けるとは。

「ひええ」

外谷がでかい尻を押さえた。

客用の下駄《げた》がぶつかり、歯が肉に食い込んだのだ。

包丁《ほうちょう》がとんで来た。

メフィストが平然とその柄《え》を摑んだ。

包丁は繊指《せんし》を抜けて、その首すじを貫《つらぬ》いた。

せつらが舞い上がった。

天井が傾いた。身体を支える糸が乱れて、彼は不自然な形で床に落ちた。膝に痛みが走った。

平凡な安っぽい居酒屋で、あり得《え》ない危機が、魔人たちを襲いつつあった。

「逃げるのだ！」

叫んだ外谷の尻が、でん、と裂けた床に沈んだ。

「助けてくれ。出られないぞ」

じたばたしても動けない。厨房が赤く染まった。ガスに引火したのだ。

「女王様が焼豚になってしまう」

古賀が金切《かなき》り声を上げて、駆け寄った。外谷の手を摑んで、引き出そうとするが、よほど上手《うま》く嵌《はま》ったらしく、ビクともしない。

ごお、と炎が厨房から噴《ふ》き出した。合建材《ごうけん》から有毒ガスが発生中なのだ。

「助けてえ」

外谷が喚いた。

「――何だ、これは――火事か⁉」

驚く梶原の後ろから運動員が駆けつけて来た。

何とか全員が脱出した途端《とたん》、居酒屋は爆発した。ガスボンベに火が廻ったのである。

店を一歩出るや、メフィストの首から包丁は抜け落ち、その手のひと撫《な》でで血痕も消失した。

右膝を負傷したせつらも、たちまち回復した。

外谷だけが、下駄に食われるとは思わなかったわと、でかい尻を揉《も》んでいたが、これもじき治まった。

消防ヘリのローター音が頭上から近づいて来るのを確かめ、一同は〈区役所〉へ入った。

ひと休みしようと言い出した梶原に、全員が異議を唱《とな》えず従ったのは不思議《ふしぎ》と言えば不思議である。


広い応接室だ。全員が高価な革《かわ》のソファに身を預けた。さっきまでの怪事が夢とも思える居心地《いごこち》のよさである。

女性スタッフが、紅茶とクッキーを運んで来て、すぐ、せつらが、

「おかしい」

と言い出した。

「何がだね？」

とメフィスト。

「あの居酒屋で、敵は決戦を挑《いど》んで来たと思った。おまえの技も、僕の糸も上手く働かなかった。あれは何者かの干渉《かんしょう》だ。あのままでいたら、死なないまでも、かなりの傷を負っただろう」

「重傷なのだ、ぶぅ」

ソファの上でうつ伏せになった外谷が唸《うな》った。古賀がマッサージをしているが、肉屋の小僧が、動物の肉を柔らかくするため揉んでいるようだ。

「すると、この中で無事なのは、君ひとりだ」

せつらの声に、全員が声の主でなく、君――古賀雄市を見つめた。

「そういやそうね」

外谷が、首だけ捻って、忠実な秘書を睨んだ。

「な、なにか？」

あまりにも凄まじい注視者に、たじたじと後じさり、椅子にかけていたので、それごと後ろへひっくり返った。

「しかし――僕たちはかろうじて難を逃れた。あれで敵が攻撃をやめた理由は、わかるようなわからないような」

せつらの眼は閉じられていた。事実、脳内は混沌《こんとん》の巣なのであろう。

「古賀雄市」

と言った。

「え？」

「君は正しいのかも」

「は？」


ゴリラ男がぽかんと口を開けたとき、梶原が入って来た。

「諸君、ご無事で何よりだ」

と彼は両手を揉み合わせた。

「いやあ、私があそこに居合わせてよかった。少しは感謝してもらってもいいのではないかね」

第十章　正邪果てしなく

1

まず、外谷が反応した。

「どういう意味だ、ぶう？」

ぶうに怒りがこもっている。ライバルの言動には敏感なのである。

「できれば全員、選挙が終わるまで、ここに留《とど》まっていてもらいたい」

「へえ」

とせつらが、さして感心したふうもなく言った。

「大した御要望ですな」

とメフィスト。せつらは一見、どうということもないが、こちらは申し出の内容を考えれば、〈区民〉なら身の毛もよだつひとことであった。

梶原は、にやりと笑った。

「おまえは、別人だな」

外谷の眼が爛々《らんらん》とかがやきはじめた。戦いの光だった。

「憑《つ》かれたか、人格改造手術か簡易変身薬を服《の》んだか——どれだ、ぶう？」

梶原の笑みが濃くなった。

「言いがかりはつけないでもらおう。私は筋の通ったギブ・アンド・テイクの申し出をしておるのだ」

「お断わりだ」

外谷は断固として喚《わめ》いた。

「何が、ギブ・アンド・テイクだ。この選挙、おまえなんかの好きにはさせないのだ、ぶう」

「ふむ、残る三人も同意見かね？」

この現〈区長〉は、自分が何をしているのかわかっているのだろうか。しかし、その眼にも表情にも、怯懦《きょうだ》の色はかけらも浮かんでいない。

その顔から、あらゆる表情が消えた。

感じたのは、刹那《せつな》の痛みだけである。今の彼は、骨まで食い込む激痛を痛みとすら意識できなかった。

「やた」

外谷が無邪気な拍手を送った。せつらの妖糸《ようし》とその効果については知り尽くしている。

「やたやたやた」

と踊り出しそうな女を尻目に、せつらは、

「どう思う?」

とメフィストに訊《き》いた。返事は早い。

「ここを出るべきだな」

「同感」

四人は立ち上がった。

妖糸が異様な感覚を伝えて来た。

その寸前、梶原は消滅していた。

同時に明かりが消えた。

古賀雄市は、前方に、闇の中でも輝く美貌《びぼう》を確認していた。

片手は外谷の固太りの腕を摑《つか》んでいる。

二人が消えた。

恐怖が身体をがんじがらめにした。心臓も石になりそうだ。外谷といることが救いだった。

「じょ……女王様」

慣れ親しんだ呼び名が出た。

返事はない。

腕を揺《ゆ》すった。

外谷は山のごとく動かない。大したものだと思った。恐怖は失われた。外谷は失神していた。

闇が夜に属するものではないことに、せつらは気づいていた。コートを通し、皮膚《ひふ》を通して、戦慄《せんりつ》が忍び込んでくる。
——危険だ
久方ぶりに精神《こころ》が騒いでいる。妖糸の技をもってしても、精神力で撥《は》ねのけようと努めても、絶望感は黒々と胸中を染めていく。この蹂躙《じゅうりん》が成功したら、二度と立ち直れまい。秋せつらは廃人と化すしかなかった。
——メフィストは?

同じだった。

〈魔界医師〉の妖気は、闇に呑《の》み込まれていた。

「いよいよだね」

「そうですね」

「今度こそ間違いありません」

「魔人二人が〈新宿〉から消える、か」

「しかし――」

「え？」

「いや、何でもない。いや、何か見落としているような」

急激なめまいがせつらを襲った。

メフィストに巻いた妖糸は、彼も同じだと伝えて来た。

外谷は？

糸は無反応である。かたわらの古賀雄市は、こういう精神攻撃に慣れていないらしく、ひっくり返っているとすぐに知れるが、雇《やと》い主のほうは立っていても坐《すわ》っていても同じだから、視界がアウトだと見当もつかない。

――何とかしないと
せつらは妖糸を放った。この闇の外の連中に助けを求めたのである。

これも反応はなかった。世界はいつの間にか住人を失ったのだ。

――危《やば》い
こう考えたのが最後の意識であった。

闇の笑い声が聞こえた。

その声が、どこかで聞いた女の野太い高笑いに変わるや、せつらは覚醒《かくせい》した。

「？」

同じ部屋であった。

ただし、びっしり人で埋まっている。せつらは隅《すみ》のソファに横たわっていた。

メフィストはいない。

人垣《ひとがき》の向こうで、

「ぶう」

と上がった。

歓声とどよめきが応接室を揺るがした。

「気がつきました?」

周《まわ》りから幾《いく》つも、ほっとしたような声がした。

〈区役所〉の制服を着た女子職員であった。それを見廻《みまわ》して、

「何とか」

と言った途端《とたん》、全員が恍惚《こうこつ》とその場に倒れてしまった。今まで顔を見ずに容態を見守っていたものが、甦《よみがえ》った安堵《あんど》の念が気力の骨子をゆるめ、眼と眼が合った途端に溶かしてしまったのである。

冷たいことに、せつらは彼女たちを、ちらと見たきり、前方の蛮声《ばんせい》へ眼をやってしまった。

「〈新宿〉の本質を、〈区外〉の連中は理解していないのだ!」

――あ、外谷
ぼんやりとこう思ったに違いない。

失礼、失礼と前へ出ると、外谷が両手でガッツ・ポーズを作っていた。世界チャンピオンになったプロレスラーを思わせた。

「繰り返す、〈新宿〉は魔界だが地獄ではないのだ。ここでは〈区外〉に劣《おと》らぬ経済活動が行なわれ、〈区民〉はまともな生活を送っている。怪物や妖物《ようぶつ》と夜ごと戦い、通勤途中にギャングと射《う》ち合ってなどいないのだ。私が〈区長〉になった暁《あかつき》には、〈新宿〉は、子供たちが〈歌舞伎町〉を野豚と走り廻れる平和な街に生まれ変わるであろう」

――野兎《のうさぎ》とか言えないのか
と思ったが、応接室は興奮のあまり、煮えくり返っている。

「今度の〈区長〉は――」

古賀雄市の声が高らかに響き渡った。

「外谷さんだ!」

歓声は〈区庁舎〉すら震駭《しんがい》させるかと思われた。

よくわからないまま、危険は去ったと判断し、せつらはそこを出た。気を失う前に聞いた高笑いは外谷のものだった。いつ勝利を確信したのか。わからないことが多すぎる。

その背に、

「梶原なんか、〈亀裂〉に叩《たた》き込め」

と叩きつけられた。

廊下では、〝梶原派〟と思《おぼ》しい職員が、中の様子を、窺《うかが》っていた。ひとりを捕まえて、梶原の居場所を訊くと、

「演説に出かけていいます」

との返事であった。

「だろうなあ」

せつらは〈メフィスト病院〉へと向かった。いないかと思ったら、〈院長室〉に在室とのことであった。

病院のスタッフでさえ、迷うことがあるという、院長の居室に、せつらは鼻歌混じりで到着することができた。

ノックした。

「いない」

と返って来た。

「どいつもこいつも——開けろ」

「留守だ」

「何をしている？」

「答えられんな」

「また、外谷のためにおかしな改良か？」

「黙秘《もくひ》させてもらおう」

「入るよ」

「ロックしてあるが」

せつらは構わず黄金の把手《とって》を摑んで押した。

問題なく開いた。

黒檀《こくたん》とも黒水晶《すいしょう》とも取れる大デスクの向こうにメフィストはいた。

その顔をせつらの視線から隠しているのは、角ばった宇宙立体図ともいうべき形状の針金細工であっ

た。

隙間《すきま》だらけだ。それなのにメフィストが見えないのは、図形の中に二つの光点が、まばゆい光を放ちながら回転しているからだ。

「やはり、おかしなことを」

「そこから動くな。危険だ」

せつらは足を止めた。この院長が危ないというのは、本当に危険なのだ。

メフィストの顔は二つの光に溶けていた。真紅《しんく》と青と。人はどの色彩《いろ》に属すのか？　人でないものたちは？

「何してる？」

せつらはまた訊いた。

メフィストは動かない。光の球は接近し、触《ふ》れ合い、離れてはまた近づいて——その繰り返し。

突然、図形が弾《はじ》けた。

光点が空中に浮き上がる。

「おや？」

せつらの眼が光った。彼らも意外な——彼以外ならば眼がつぶれそうな怪異な光景が空中に広がったのである。

「あらあ」

この状況で、恐怖や驚きより呆《あき》れた、と感じたのは彼ひとりだろうか。ドクター・メフィストは渋々《しぶしぶ》納得という表情を宙に据《す》えている。

不可思議《ふかしぎ》な院長室の天井近くまで広がったものは、影のような物体と、形も定かならぬ外谷良子の顔であった。

「面白い」

せつらがつぶやいた。

どういう意味か。

影が頭からその顔を呑み込んだ。

明らかな敵意の為《な》せる行動であった。暗黒の中で、紅《あか》い光と青い光が交錯《こうさく》し、銀河《ぎんが》のように広がり、かがやいた。紅《くれない》が燃え、青い光がそれを消し、ともに溶け合って宇宙を形づくっては破壊しようと努める。

外谷が出た。

部屋一杯にふくらんだ巨顔《きょがん》が、がははと哄笑《こうしょう》を放った。

その口に、黒い影が潜《もぐ》り込んだ。

苦悶《くもん》の表情が倍近くまでふくれ上がる。圧倒的な質量の怒号《どごう》に床がきしみ、壁に亀裂が走った。

——外谷がやられる⁉

せつらは妖糸を放とうとしたが、手は動かなかった。

巨大な鼻孔《びこう》と耳孔《じこう》から黒いものがこぼれはじめた。

「破裂するぞ、メフィスト」

外谷の顔は白眼《しろめ》を剝《む》いてのけぞった。

どこかで笑い声がした。

外谷が跳《は》ね戻った。

ぐへえ
その口から黒い塊《かたまり》が噴《ふ》き出し、床にとび散った。

衝撃波が部屋中を渡る。宇宙を駆け巡《めぐ》る破壊の波が。せつらは全身が原子に分解されるのを感じた。

陽子が電子に別れを告げ、中性子は裏切り、永劫《えいごう》に四散《しさん》する。

そして——永劫さえも意味を持たない空間で再び形を整え、〈新宿〉へと帰還する。

外谷はそこにいる。だが、もはや昔の外谷ではない。


——


せつらは院長室の外に立っていた。ドアの把手を摑んだ姿勢で。

夢でも見ていたのか。

ドアに向かって、

「いるか？」

と訊いた。

返事はない。

何処《どこ》へ行ったものか。

今の戦いで、外谷は勝ったのか、それとも。

携帯が鳴った。

「あたし」

と来た。外谷である。

「無事か？」

と訊いた。

「死んだぞ」

「誰がだ？」

そこで携帯は切れた。

2

玄関ホールまで戻ると、受付の娘が、顔を見ないようにしながら、受話器を差し出した。

「院長からです」

「かけてきた場所は？」

「外線ですわ」

「どーも」

震える手から受話器を受け取り、開口一番、

「何処《どこ》？」

と訊いた。

「〈早稲田ゲート〉近くの〈亀裂〉だ。来ればわかる」

「一方的だな。寝てやらない」

せつらが受話器を返しても、受付の娘はそれを手にしたまま、石像のように固まっていた。

「ども」

と向けた背へ、

「あの……院長と……寝てらっしゃるんでしょうか？」

と来た。しまった。

「いや、冗談」

と返したが、娘は泣きそうな顔で、

「嘘《うそ》」

「嘘じゃない。あいつは誰彼なしだけど、僕は趣味いいから」

とんで来た受話器は、せつらの眼前で停止し、娘の手もとへ戻った。

「院長のこと、そんなふうに言わないでください」

娘の眼から涙が溢《あふ》れ出した。

せつらが見ていると、慣れた手つきで眼を拭《ふ》き、

「ごめんなさい。秋さんなら、そう仰《おっしゃ》る権利がありますわ。ね、皆さん？」

気配には気がついていた。

改めて見廻すと、ホールの患者たちが、彼を囲んで陰々《いんいん》とうなずいている。せつらと眼が合う寸前、巧《たく》みに顔をそむけてしまう。

誰も彼も興味津々《しんしん》なのだ。二つの美の人間的関係に。

「どーも」

せつらは、そそくさと病院を出た。

〈靖国通り〉へ向かい出したとき、歩道を電動車椅子が下りて来た。白髪《しらが》頭の老人が乗っている。歩道の縁《へり》ぎりぎりである。

急に車道の方へ傾くと、体勢を立て直しつつ、車道の真ん中の方へ滑走した。モーター音がせわしない。

悲鳴が上がった。

トラックがのしかかった。

急ブレーキに、新たな悲鳴が重なる。

巨大なタイヤの下に、車椅子の残骸《ざんがい》と、老人の手が見えた。

せつらは素早く近づいた。彼は老人と車椅子ごと歩道へ戻そうとしたのである。異様な手応《てごた》えがそれを止めた。

「やっぱり」

身を屈《かが》め、老人の手に触れた。プラスチックだ。妖《よう》糸《し》の手応えによらずして、眼で見ても明らかだった。人形、と閃《ひらめ》いた。

「真郷長臨」

つぶやいたところへ、トラックの運転手が降りて来た。

総毛立《そうけだ》った顔が、せつらと同じものを見て、驚きと——安堵に歪《ゆが》んだ。

「何だ、これ？」

「人形」

ごつい顔が、え？　とせつらを見て、たちまちとろけてしまう。

集まって来た連中も同じだ。

「始まったか」

せつらはつぶやいて、車道を駆け上がった。


タクシーを停《と》めて、〈早稲田ゲート〉へ向かう。

走り出してすぐ、運転手が、

「お客さん——何かおかしくねえか？」

と訊いた。

「何が？」

「この街よ。今朝起きたら、何か違うんだ」

「違う？」

「そうだ。何か、違う場所にいるような気がしたんだ。いや、〈新宿《じゅく》〉は〈新宿〉なんだが、何か間違ってるような」

「来たな」

「え？」

「何とかしよう」

「どうするんだ？」

「外谷さんに一票」

「え？　あれ《い》に？　〈新宿〉を食いつぶすという噂《うわさ》だで？」

「そんなの百年も前から」

「ははは」

笑い声が急に引きつった。耳を押さえたくなるような叫び、と。衝撃とブレーキ音が、どんと来た。

「やた」

とせつらがつぶやいたのは、もうひとつのどんを知覚したからである。

「いきなり——畜生《ちくしょう》め」

舌打ちして運転手が車を降りると、すぐに、

「何じゃあ、これ⁉」

驚きの叫びを聞いても、
呆れ返った声が届いても、せつらが平然としていたのは、衝撃でわかったからだ。

「人形だぞ」

「この野郎」

運転手が人形を蹴《け》とばした。頭に血が昇ったのだ。蹴り続ける周囲を通行人たちが埋めた。

打撃音と悲鳴が上がった。運転手が私刑《リンチ》を受けているのだ。しかし、悲鳴はすぐ、あれ？　という驚きの声と、どきやがれ、このでく人形どもという恫《どう》喝《かつ》に変わった。

人垣を押しのけて、運転手が戻って来た。

「どうしたの？」

「いや、どいつもこいつも人形なんですよ」

と運転手は言った。どうということもない口調であった。人間《ひと》と人形が入れ替わるなど、〈新宿〉では少しもおかしな現象ではないのだ。


だが、秋せつらの沈黙は別である。

「どうしました？」

運転手の声は恐怖に染まっていた。

それも一瞬、せつらの表情はまた茫洋《ぼうよう》たるものに変わると、

「ごお」

と前方を指さした。同時に背後から、青だぞ、バカヤローの警笛《けいてき》が襲いかかって来た。

タクシーが〈明治《めいじ》通り〉へ入ってすぐ、

「何とか着けそうですね」

と運転手が声をかけて来た。

「何とかね」

応じたせつらの瞳に、反対車線から大きくくずれたトラックが映った。

「わあ」

運転手の悲鳴と――衝撃。

「ありゃ？」

運転手は、繰り返しの日だと気がついたかもしれ

ない。

タクシーは、トラックの鼻面《はなづら》にめり込んで、急ブレーキを効かせていた。

反対車線からパトカーが割り込んで来た。

警官が二人降り、ひとりはこちらへ駆け寄り、もうひとりは無線で連絡を取りながら、タクシーの後方へと急ぎ、交通規制に取りかかった。

外へ出た運転手には目もくれず、先に出た警官が後部座席の窓を叩いた。

せつらが開けると、

「大丈夫ですか？　ちょっと出てください」

と敬礼して見せた。せつらの反応は意外だった。

「やだ」

警官の表情が人形のように変わると、一歩下がってマグナム・ガンを抜いた。

「おい!?」

運転手が大声を上げ――警官の腕は肩から地に落ちた。

「へ!?」

血が出てねえぞと告げる運転手の声に、急いでというせつらの指示が重なった。

「待て」

もうひとりの警官が駆け寄って来たが、両膝からきれいに分かれて、彼は路上に突っ伏した。

「あれも人形スか？」

ドアを閉めた運転手は眼を丸くしている。

「一体――何が起こってるんだ？」

「〈新宿〉の人形化」

とせつらは答えた。

「止めたければ、外谷さんに一票を」

訳がわからねえという顔の運転手が〈早稲田ゲート〉の前で車を停めると、せつらは料金を払って、周囲を見廻した。

観光客は多いが、白い医師は見えない。

別のタクシーが走り出し、観光客の集団に突っ込み、その先の、土産物屋《みやげ》の店舗《てんぽ》にぶつかって止まった。

撥ねられた観光客たちは肩や尻を揉《も》みながら、妙な眼つきでタクシーを眺《なが》めた。

土産物屋もショーケースが内側へズレているが、何かが破壊された様子はない。少し離れたところに建つ管理センターから、警備員と係員が跳《と》んで来た。

タクシーもエンジンも運転手も作りものだと知って驚くことになるだろう。

携帯が鳴った。

メフィストからである。

「真っすぐ〈亀裂〉へ向かって、そこからとび下りたまえ。エレベーターは面倒だ。地下二〇〇〇と少しの遺跡にいる」

他人が聞いたら常軌《じようき》を逸《いっ》した内容だが、そのとおり、奈落《ならく》に身を躍《おど》らせたせつらは、もっと常軌を逸して見えたに違いない。

噴き上げる妖風は、この世ならぬ美貌にはむしろ心地《ここち》よいものだったかもしれない。

メフィストの指示した遺跡は、今なお正体不明の生物が遺《のこ》した五〇〇〇坪ほどのスケールの中に、住居や広場、祭祀《さいし》場などの痕跡が点在するだけの荒涼《こうりょう》たるものであった。霊的な存在も確認されず、〈亀裂〉中の遺跡としては、学術的にも経済的にも価値は低いと見なされている。メフィストがそこにいる意味は不明だ。

一見、大小の穴が並んでいるとしか見えない広がりの奥に、焚火《たきび》らしい小さな炎が燃えていた。殺風景《さっぷうけい》な荒野に点《とも》された光のかたわらに、もうひとつ白いかがやきが寂然《じゃくねん》と立っていた。

歩み寄って、せつらは、

「はん?」

と眼を細めた。

他に三人いる。〈大江戸線〉の駅から姿を消した男——浅黄と真郷長臨——まさか、梶原までが⁉

「どういう面子《メンツ》だ？」

これが最初の質問なのは当然だ。

「ひとり足りないぞ」

「彼女は演説中だ」

とメフィスト。

「他のはいいのか？」

「これから、極《きわ》めて危険な事態が生じる。〈区長〉選は、それをもってピークを迎えるだろう。放っておいても、外谷くんはここへ来る」

「よくわからない理屈だけど、来るならいいだろ」

とにかく、外谷がここにいることが必要だ。後はどうにでもなる。しかし、どうして必要なのかが実ははっきりしないのだ。

「上でおかしな現象が起こってる」

せつらは真郷長臨へ向かって言った。

「人も物も人形に変わっていく。あんたの仕業《しわざ》だな」

「そうだ」


真郷は、にんまりと笑った。人間を抜けられない面《つら》が、せつらさえ凌《しの》ぐ魔性《ましょう》の趣《おもむ》きを全開にした。彼は言った。

「これこそが、我が偉大なる王の所望《しょもう》する世界だ。王はそこの浅黄師が喚《よ》び出す」

指さした先で、浅黄が恭《うやうや》しく一礼して見せた。心なしか焚火の炎が大きく燃え上がった。

「やっぱり、招喚ごっこか」

せつらは、少しうんざりしたように言った。

「今まで何回やらかしたと思ってる？」

「過去のことはどうでもいい」

真郷長臨が叫んだ。

「今度だ、今だ。今こそ、我らの力によって地に封印された大いなる存在が招かれ、宇宙に君臨する生きとし生けるものすべてが、生命だけを持つ人形と化して、永遠の生を生きるのだ」

「それは生きるって言わないぞ」

せつらがクレームをつけたが、浅黄が引き取った。

「〈区長〉選に勝ちさえすれば、〈新宿〉の有する幸運は当選者の体内でエネルギーと化し、いまだ誰も成し得なかった招喚を達成するのだ。いいや、すでに世界は変わりつつある」

彼は変哲《へんてつ》もない焚火に、奇妙な手つきをして見せた。

炎が天井までのび、すぐに戻ったが、せつらの眼には炎の残像が黒々と残った。

それが何か巨大な――顔のようなものに形を変えていく。

3

眼もある。鼻も高い。口は――裂《さ》けている。それだけだ。だが、それの放射する妖気はせつらさえ凍りつかせた。

メフィストも――とせつらは思った。こいつとも違う。この妖気はずっと――

「なな何事だ？」

梶原が金切《かなき》り声を上げて頭を抱《かか》えた。

そこに二人分の笑い声が降りかかって来た。笑い狂っているのは、浅黄と真郷であった。

「遂《つい》に事《こと》なれり。遂に事なれり」

「世界は変わるぞ、いいや、宇宙が。エントロピーの法則など消えてしまえ。ディラックの海は水素原子も生まなくなるぞ」

せつらは妖糸を放った。浅黄の首が宙に舞った。それを空中で受け止め、もとの位置に戻すと、浅黄はにやりと笑った。首の位置が少しずれている。ひどく不気味な眺めだった。

「私にはもうご主人の加護がある。殺すことなどできんよ」

その眉間《みけん》を白い光が貫《つらぬ》いた。

メフィストの投じたメスである。浅黄は難なく摑んで引き抜いた。

「〈魔界医師〉メフィスト――人間を欺《あざむ》く役廻りが、いつの間にか人間に加担した裏切り者。業火《ごうか》に灼《や》かれるのは、まずおまえだ」

「そうかもしれんな」

メフィストは焚火に近づいて、炎に手を入れた。

繊手《せんしゅ》が取り出したのは、灼熱《しゃくねつ》のメスであった。

それは音もなく浅黄の喉元《のどもと》に吸い込まれた。

狂気の苦悶《くもん》が、悪魔の使徒をのたうち廻らせた。

「裏切り者のメスは効くか」

彼は、頭上で蠢《うごめ》く顔を見上げた。

「招喚役は死んでも、手遅れか。魔性は〈新宿〉を呑み込もうとしている」

せつらは棒立ちの真郷長臨を見つめた。

「処分する？」

何となくメフィストの意向を訊きたくもあった。

「人形化は止められるのかね？」

メフィストが訊いた。

「無駄だ」

驕《おご》りきった返事が返って来た。

真郷も天を仰《あお》ぎ、昂揚《こうよう》と興奮に身を震わせている。

「わしを八つ裂きにしても人形化は止まらぬ。あれは大いなる魔性の業《わざ》だ。宇宙は変わる。時の始まりから続けられてきた闘争に、ようやく決着がつくのだ。ドクター・メフィスト――悪魔の名をつけた男よ、おまえならわかるだろう――人は神を信じる。しかし、悪魔を信じたことはない。神は呪われる。だが、悪魔は呪われたことがない。どちらが力を得る？　決着はどうつくのだ？」

「わかりはせん。恐らく、神にも悪魔にも、な」

せつらは少し眼を見開いた。メフィストの声に苦《く》渋《じゅう》を感じたのだ。

「殺してしまえ」

と喚いたのは、梶原であった。

「演説中のわしをこんなところへ引きずり込みよって、許せん。そいつも〈新宿〉を悪魔に引き渡さんとする狂信者だ」

「どちらかといえば、あなたを処分したほうが〈新宿〉のためかもしれんな」

「なな何を言うか!?」

「上へ戻れ」

とメフィストは言った。

「選挙はまだ続いている」

「おまえはどうする?」

せつらが訊いた。

「私は仕事が残っている。候補者にエールを送るという仕事がな」

せつらの脳裡《のうり》を自信満々のでぶがかすめた。女は右手を斜め上にのばして、にんまり笑っていた。

何処かあの総統を思わせた。

急に、頭上のものが形を失った。変哲もない闇の広がりに変わり、気配ひとつ残さず消滅してしまう。

せつらがよろめいた。


いや、メフィストまでが。

彼が感じたのは、属する世界が失われた凄絶《せいぜつ》な喪失感であった。

「しっかりしたまえ」

梶原が駆けつけて来た。おかしな話だが、この男はまともらしい。

「真郷はどうしたね?」

メフィストが訊いた。

ふり向いてから辺りを見廻し、梶原は、

「いつの間にか——おらんな。どうやって消えた?」

「憑かれたな」

とせつらが、腰を叩きながら言った。

「しかし、何故《なぜ》——選挙が終わっていないからか?」

「恐らく」

メフィストが応じた。推測を口にするとは珍しい。

「今はこの世界のルールに則《のっと》るしかないのだ。奴が本来の力を発揮するのは、〈区長〉選に勝ってからだ」

「真郷長臨」

せつらが静かに言った。

静寂の間を置いて、

「あいつが、今の奴か。始末してしまえ」

「無駄《むだ》だ。彼は奴なのだ」

メフィストの声は、また静寂を招いた。

「奴を元の世界に戻すには、他の候補が勝利するしかない。私はここでその手助けをしていたのだ」

「わ、わしのか?」

梶原の顔に喜色《きしょく》が漲《みなぎ》った。

「残念ながら、あなたは泡沫《ほうまつ》候補だ」

メフィストがぴしゃりと言った。

せつらが眼だけを宙に据えた。

その脳裡に何が浮かんでいるかは、言うまでもなかった。やがて、

「あれか」

と言った。

メフィストがうなずいた。

「後は選挙の結果を待つしかない」

地下遺跡での〈魔界医師〉の予言は適中した。

それから選挙活動は延々と続き、投票前日を迎えたのだ。

この間に、真郷長臨は最大のライバル、外谷良子に対してあくどい妨害工作をかけると、せつらは思っていた。

それが、真郷の演説中に選挙カーのエンジンは火を噴くわ、真郷のみならず運動員全員が、お茶に入れられた下剤《げざい》のせいで腹を押さえるわ、誰かに小遣《こづか》い銭を貰《もら》った聴衆に大量のゲジゲジをぶつけられるわ、露骨な妨害が猛威をふるったのは真郷長臨のほうであった。

下剤やゲジゲジでの犯行の中心人物は、あまりにも一目瞭然《いちもくりょうぜん》のせいで、文句をいう者はなかったが、真郷長臨の選挙カーの行く先々で巨大な岩塊《がんかい》が道を塞《ふさ》いでいたり、子連れの女たちが集団で現われ、あなたの子よ、と泣き出すに至り、選管には、外谷の妨害だという〈区民〉からの投書が押し寄せた。

　さすがに係員がその行方を捜《さが》し求めたが、居住地たる〈ぶうぶうパラダイス〉はその住所になく、当人も所在不明であった。

　この件のせいかどうか、TV、新聞の予想では、すべて真郷長臨がトップに位置し、二位は梶原、外谷は最下位という結果であった。しかし、某選管の係員やTV局員の中には、

「あいつが笑っている」

「空の上からおれを見ている」

　などと口走《と》る連中が続出し、全員が入院、または謎の失踪を遂げたのであった。

　その日の午後、せつらは〈メフィスト病院〉を訪れた。

　相変《あいか》わらず患者が煮えくり返っているホールを抜けるとき、ひとりがすれ違いざま肩が触れ、バランスを崩してつんのめった。夢中で支えた両腕が、肩からもげた。それは人形の腕であった。

　せつらは受付で、メフィストに面会を申し込んだ。〈院長室〉ですと答えたのは、前回と同じ娘であったか、せつらはその顔を眺め、

「君もか」

　と言った。しかし、娘の頬は赤く染まっていた。

〈院長室〉へ入ると、黒檀のデスクの前で沈思黙考《ちんしもっこう》中のメフィストへ、

「上の患者と受付——人形だぞ」

　と声をかけた。

「わかっている。君を見て頬を染めても、な。よく出来ている」

「真郷長臨はどうする?」

「それは別人の仕事だ」

「何処にいる?」

「真郷なら不明だ。もうひとりならわかる。あの遺跡だ。これから出かけてみよう」

「放っておいたら? 今回はいわば宿敵同士の一騎打ちだよ」

「落ち着かないのだ」

「どうして?」

メフィストの眼に、ある光が点った。

「これだ」

白い医師は左手を上げると、デスクへ叩きつけた。鈍《にぶ》い音がして、手の甲に亀裂が走った。

「じき全身に廻る。さすがにのんびりと結果を待ってはいられんのでな」

「人形に化けた手なんか、どうにでも治せるだろ」

「ならここにいるとも」

「ふーん」

せつらは左手をデスクに叩きつけた。

同じひびが入った。


薄闇が居づらそうにうずくまる遺跡へ、エレベーターから一歩踏み出すと、前と同じ位置に焚火の炎が見え、おかしな呪文《じゅもん》が聞こえて来た。その中に、ぶうという唸《うな》り声を確認し、二人は足を速めた。

外谷は白装束《しろしょうぞく》に身を包み、燃えさかる炎に、得《え》体《たい》の知れない呪文を唱《とな》えつづけていたが、ぶうと鳴るたびにかたわらの小枝の山から一本取って炎にくべるのはわかった。

「何をしている?」

せつらの問いに、メフィストは、

「〝外敵呪殺《がいてきじゅさつ》の法〟だ」

と答えた。

「我々が退去してすぐ乗り込んで来たらしい」

「けど、真郷も梶原もピンピンしてるよ」

「真郷ひとりに絞《しぼ》っている。そのために効果が現われていないのだ」

「あれから何日経《た》つ？　食事をしたふうもない。不眠不休だぞ」

せつらは茫洋と呆れた。

「きちんと眠り、食事を摂《と》って、呪いがかけられると思うかね？」

「ごもっとも」

「活動停止まであと五分」

とメフィストは言った。

沈黙。

訳のわからない呪文とぶうが入り乱れ、

「あと五秒」

とメフィストが告げた瞬間、

「成就《じょうじゅ》、じょーじゅー」

引きつるような外谷の声が広大な空間を渡った。

それは、まさしく呪殺を果たした妖女の雄叫《おたけ》びであった。

そのとき――

まず、外谷が宙を仰いだ。

せつらが。

メフィストが。

天井まで広がったのだ。あの巨大な黒い顔が。

次々に倒れた。

せつらが。

メフィストが。

外谷のみが平然と動かず、

「ぬはははは、出たな×××」

と哄笑《こうしょう》を放った。呼びかけた名前は、せつらには理解不能だった。

「しかし、私も戻《い》った。おまえの好きにはさせないのだ、ぶう」

その巨体が四方へ膨張《ぼうちょう》する様《さま》を、せつらは見たような気がした。

炎が炸裂《さくれつ》し、闇が意識を包んだ。

「やはり、思うようにはなりませんでしたな」

「さすが〈魔界都市〉というべきだ」

「またの機会を待ちましょう」

「やれやれ、無駄骨折りか」

「しかし、我々は一体、何者なんでしょうな？」

「知るか」


選挙は梶原が勝った。

一位の真郷長臨と、いきなり二位になった外谷が姿を消し、それきり現われなかったため、三位の梶原が繰り上げ当選を果たしたのだ。

後に外谷は〈歌舞伎町〉の路上で、一升瓶《いっしょうびん》を抱えて大いびきをかいていたのを発見されたが、真郷はついに姿を見せなかった。

翌日、せつらが聞いたところによると、あの日、〈新宿〉の空には巨大な二つの顔が浮かんで、歯を剝き、口から火を噴いて威嚇《いかく》し、ついには渦を巻いて嚙《か》み合っても勝負がつかず、最後は丸ひと晩ののしり合ったのち、片方が勝利した。敗れた顔は大気中に消え去ったという。そして、〈区民〉の誰もが恐ろしそうに声をひそめてこうささやき交わしている。

「勝ったのは、外谷さんだ」

と。

その後、せつらの下には五〇〇〇万円の完済証明が届けられた。

持参したのは、古賀雄市であった。今も女王様の下で働いていると言う。何をしているのかと、せつらは訊かなかった。

せつらはメフィストに、

「代理戦争か？」

と尋ねたが、返事はなかった。

〈注〉本書は月刊『小説ＮＯＮ』誌（祥伝社発行）二〇一五年十月号から一六年三月号まで、「ぶうぶう区長選」と題し掲載された作品に、著者が刊行に際し、加筆、修正したものです。

編集部

あとがき

うーむ。

本作を世に出していいものかどうか、作者はまだ迷っている。

担当者は、これは大ケッ作です、個人的なしがらみは忘れて、世に問うべき作品です、と主張するのだが、何故《なぜ》、傑作と言わんのか。個人的なしがらみの個人というのが、どんな人物かわかっているのか。世に問うべきだと言い張るとき、何故、笑っているのか。

ま、私の逡巡《しゅんじゅん》の理由《わけ》は、馴染《なじ》みの読者なら、連載時のタイトルを読んだだけで呑《の》み込めるであろうし、初めての読者でも、何となくわかるであろう。真実の主人公とでも言うべき女性で、フィクションのキャラクターでありながら、他のキャラと異《こと》なり、リアルな人間が全身からはみ出しているからである。

寿命を縮めるだけの、かようなアイディアを、どのように思いついたのか、覚えてはいない。思いついても書かなければいいのだが、思いついた以上、それは許されない。理解し難《がた》い力に操《あやつ》られ、その身を滅《ほろ》ぼしてしまう脆弱《ぜいじゃく》な人間のように、私のペンは動いた。ぶぅの圧力としか言いようがない。誠に恐ろしいことである。人知を超えた力に対して、人間とはかくも無力なのだ。

私は、これを読んだある人物に殴り込まれる責任が、自分にはないと言っているのではない。連載時に、面白くて夜も眠れませんなどとエールを送って来た担当者にもないだろうし、ゲラを読むたびに大笑いしていたという書籍のH編集長とS伝社のT社長にもまあなさそうである。

唯一《ゆいいつ》の救いは善玉だという点で、それを如実《にょじつ》に表わしたものが、この本の第十章（247ページ）のイラストであろう。あの人が、こういう愛くるしいイメージで登場したのは史上初ではないか（後ろ姿なのは残念というか賢明というか）。白い長衣と羽根をつけただけで、こんなふうになるとは、やはり末弥《すえみ》純《じゅん》氏は凄《すご》い。彼にも責任の一端はなさそうである。

というわけで、連載中は爆笑と恐怖の連続であった。

執筆中は噴《ふ》き出したり、腹を抱《かか》えてヒイヒイ言ったりしていたのだが、ペンを置くと、何かが道をやって来るのである。何か巨大なものが、我が家へ向かっている――このイメージが湧いたらもういけない。助けを乞《こ》う相手もなく、布団《ふとん》にくるまって、リビングの真ん中でガタガタ震える他はない。電話も取れない。

「いい度胸してるわね」

とか、

「月夜の晩ばかりじゃないわよ」

とか、

「タンクローリーに踏みつぶされたカエルの気持ちがじきにわかるぞ」

とか、地の底から響くような声が聞こえたら、一巻の終わりである。

許してくれ、助けてくれと叫びながら、眼を醒《さ》ます夜などいくらでもあった。

本書が世に出る前日に、海外逃亡でもしようかと、私は本気で考えている。

二〇一六年三月

ふたたび、ズラかる荷物をトランクに詰めながら

菊地秀行

ノン・ノベル百字書評

キリトリ線

なぜ本書をお買いになりましたか（新聞、雑誌名を記入するか、あるいは○をつけてください）

- □（　　　　　　　　　　　　　　）の広告を見て
- □（　　　　　　　　　　　　　　）の書評を見て
- □ 知人のすすめで
- □ タイトルに惹かれて
- □ カバーがよかったから
- □ 内容が面白そうだから
- □ 好きな作家だから
- □ 好きな分野の本だから

いつもどんな本を好んで読まれますか（あてはまるものに○をつけてください）

●**小説**　推理　伝奇　アクション　官能　冒険　ユーモア　時代・歴史　恋愛　ホラー　その他（具体的に　　　　　　　　）

●**小説以外**　エッセイ　手記　実用書　評伝　ビジネス書　歴史読物　ルポ　その他（具体的に　　　　　　　　）

その他この本についてご意見がありましたらお書きください

最近、印象に残った本をお書きください			ノン・ノベルで読みたい作家をお書きください		
1カ月に何冊本を読みますか	冊	1カ月に本代をいくら使いますか	円	よく読む雑誌は何ですか	
住所					
氏名		職業		年齢	

あなたにお願い

この本をお読みになって、どんな感想をお持ちでしょうか。

この「百字書評」とアンケートを私までいただけたらありがたく存じます。個人名を識別できない形で処理したうえで、今後の企画の参考にさせていただくほか、作者に提供することがあります。

あなたの「百字書評」は新聞・雑誌などを通じて紹介させていただくことがあります。その場合はお礼として、特製図書カードを差しあげます。

前ページの原稿用紙（コピーしたものでも構いません）に書評をお書きのうえ、このページを切り取り、左記へお送りください。祥伝社ホームページからも書き込めます。

〒一〇一－八七〇一
東京都千代田区神田神保町三－三
祥伝社
NON NOVEL編集長　日浦晶仁
☎〇三（三二六五）二〇八〇
http://www.shodensha.co.jp/bookreview/

NON NOVEL

「ノン・ノベル」創刊にあたって

「ノン・ブック」が生まれてから二年一カ月、ここに姉妹シリーズ「ノン・ノベル」を世に問います。

「ノン・ブック」は既成の価値に〝否定《ノン》〟を発し、人間の明日をささえる新しい喜びを模索するノンフィクションのシリーズです。

「ノン・ノベル」もまた、小説《フィクション》を通して、新しい価値を探っていきたい。小説の〝おもしろさ〟とは、世の動きにつれてつねに変化し、新しく発見されてゆくものだと思います。

わが「ノン・ノベル」は、この新しい〝おもしろさ〟発見の営みに全力を傾けます。

ぜひ、あなたのご感想、ご批判をお寄せください。

昭和四十八年一月十五日

NON・NOVEL編集部

NON・NOVEL —1028

魔界都市《まかいとし》ブルース　〈魔界《まかい》〉選挙戦《せんきよせん》

平成28年4月20日　初版第1刷発行

著　者　菊《きく》地《ち》秀《ひで》行《ゆき》
発行者　辻　浩　明
発行所　祥《しよう》伝《でん》社《しゃ》
〒101-8701
東京都千代田区神田神保町 3-3
☎ 03(3265)2081(販売部)
☎ 03(3265)2080(編集部)
☎ 03(3265)3622(業務部)
印　刷　萩　原　印　刷
製　本　関　川　製　本

ISBN978-4-396-21028-1　C0293

長編サスペンス　陽気なギャングが地球を回す　伊坂幸太郎
長編サスペンス　陽気なギャングの日常と襲撃　伊坂幸太郎
長編サスペンス　陽気なギャングは三つ数えろ　伊坂幸太郎
長編伝奇小説　新・竜の柩　高橋克彦
長編伝奇小説　霊《たま》の柩　高橋克彦
長編歴史スペクタクル　奔流　田中芳樹
長編歴史スペクタクル　天竺《てんじく》熱風録　田中芳樹
長編新伝奇小説　夜光曲　薬師寺涼子の怪奇事件簿　田中芳樹

長編新伝奇小説　水妖日にご用心　薬師寺涼子の怪奇事件簿　田中芳樹
長編新伝奇小説　海から何かがやってくる　薬師寺涼子の怪奇事件簿　田中芳樹
サイコダイバー・シリーズ①〜⑫　魔獣狩り　夢枕　獏
サイコダイバー・シリーズ⑬〜㉕　新・魔獣狩り〈全十三巻〉　夢枕　獏
長編超伝奇小説　新装版　魔獣狩り外伝　聖母隠陀羅・美空曼陀羅　夢枕　獏
長編超伝奇小説　新装版　新・魔獣狩り序曲　魍魎の女王　夢枕　獏
長編新格闘小説　牙鳴り　夢枕　獏
長編超伝奇小説　魔海船〈全三巻〉　菊地秀行

マン・サーチャー・シリーズ①〜⑬　魔界都市ブルース〈十三巻刊行中〉　菊地秀行
魔界都市ブルース　青春鬼　菊地秀行
魔界都市ブルース　闇の恋歌《こいうた》　菊地秀行
魔界都市ブルース　〈魔法街〉戦譜　菊地秀行
魔界都市ブルース　狂絵師サガン　菊地秀行
魔界都市ブルース　美女祭綺譚　菊地秀行
魔界都市ブルース　虚影神　菊地秀行
魔界都市ブルース　屍皇帝《しこうてい》　菊地秀行

魔界都市ブルース　〈魔界〉選挙戦　菊地秀行
長編超伝奇小説　ドクター・メフィスト　夜怪公子《やかいこうし》　菊地秀行
長編超伝奇小説　ドクター・メフィスト　若き魔道士　菊地秀行
長編超伝奇小説　ドクター・メフィスト　瑠璃魔殿《るりまでん》　菊地秀行
長編超伝奇小説　ドクター・メフィスト　妖獣師ミダイ　菊地秀行
長編超伝奇小説　ドクター・メフィスト　不死鳥街　菊地秀行
魔界都市迷宮録　ラビリンス・ドール　菊地秀行
魔界都市プロムナール　夜香抄《やこうしょう》　菊地秀行

NON NOVEL

魔界都市ノワール・シリーズ
媚獄王《びごくおう》〈三巻刊行中〉　菊地秀行

魔界都市アラベスク
邪界戦線　菊地秀行

魔界都市ヴィジトゥール
幻工師ギリス　菊地秀行

超伝奇小説
退魔針《たいましん》〈三巻刊行中〉　菊地秀行

長編超伝奇小説
魔界行 完全版　菊地秀行

新バイオニック・ソルジャー・シリーズ
新・魔界行〈全三巻〉　菊地秀行

長編小説
ダークゾーン　貴志祐介

連作小説
厭な小説　京極夏彦

長編超伝奇小説
龍の黙示録〈全九巻〉　篠田真由美

長編新伝奇小説
ソウルドロップの幽体研究　上遠野《かどの》浩平

長編新伝奇小説
メモリアノイズの流転現象　上遠野浩平

長編新伝奇小説
メイズプリズンの迷宮回帰　上遠野浩平

長編新伝奇小説
トポロシャドゥの喪失証明　上遠野浩平

長編新伝奇小説
クリプトマスクの擬死工作　上遠野浩平

長編新伝奇小説
アウトギャップの無限試算　上遠野浩平

長編新伝奇小説
コギトピノキオの遠隔思考　上遠野浩平

猫子爵冒険譚シリーズ
血文字GJ《ジー・ジェイ》〈二巻刊行中〉　赤城《あかぎ》毅《つよし》

長編新伝奇小説
魔大陸の鷹 完全版　赤城毅

魔大陸の鷹シリーズ
熱沙奇巌城《ねっさきがんじょう》〈全三巻〉　赤城毅

長編冒険スリラー
オフィス・ファントム〈全三巻〉　赤城毅

長編新伝奇小説
有翼騎士団 完全版　赤城毅

長編エンターテインメント
麦酒《ビール》アンタッチャブル　山之口洋《やまのぐちよう》

長編本格推理
羊の秘《ひ》　霞《かすみ》流一《りゅういち》

長編本格推理
奇動捜査 ウルフォース　霞《かすみ》流一《りゅういち》

長編ミステリー
警官倶楽部　大倉崇裕

長編極道小説
女喰《ぐ》い〈全十八巻〉　広山義慶

長編求道小説
破戒坊《はかいぼう》　広山義慶

長編ハード・ピカレスク
毒蜜 裏始末　南英男

ハード・ピカレスク小説
毒蜜 柔肌《やわはだ》の罠　南英男

情愛小説
大人の性徴期　神崎京介

長編冒険ファンタジー
少女大陸 太陽の刃《やいば》、海の夢　柴田よしき

推理アンソロジー
まほろ市の殺人　有栖川有栖他

トラベル・ミステリー
十津川班捜査行 わが愛 知床《しれとこ》に消えた女　西村京太郎

長編推理小説
十津川警部捜査行 外国人墓地を見て死ね　西村京太郎

トラベル・ミステリー
十津川警部捜査行 宮古《みやこ》行「快速リアス」殺人事件　西村京太郎

長編推理小説
生死を分ける転車台 天竜浜名湖鉄道の殺意　西村京太郎

トラベル・ミステリー
十津川警部捜査行 カシオペアスイートの客　西村京太郎

長編推理小説
十津川警部捜査行 SL「貴婦人号」の犯罪　西村京太郎

トラベル・ミステリー
十津川直子の事件簿　西村京太郎

長編推理小説
九州新幹線マイナス1　西村京太郎

トラベル・ミステリー
十津川警部 怪しい証言　西村京太郎

長編推理小説
十津川警部 哀しみの吾妻《あがつま》線　西村京太郎

推理小説
十津川警部 悪女　西村京太郎

長編推理小説
十津川警部 七十年後の殺人　西村京太郎

トラベル・ミステリー
十津川警部 裏切りの駅　西村京太郎

長編推理小説
十津川警部 絹の遺産と上信電鉄　西村京太郎

長編本格推理小説
愛の摩周湖殺人事件　山村美紗

長編山岳推理小説
奥多摩殺人渓谷　太田蘭三

長編山岳推理小説
殺意の北八ヶ岳　太田蘭三

長編推理小説
闇の検事　太田蘭三

長編推理小説
顔のない刑事〈全十九巻〉　太田蘭三

長編推理小説
摩天崖《まてんがい》 警視庁北多摩署特別出動　太田蘭三

長編本格推理小説
終幕《フィナーレ》のない殺人　内田康夫

長編本格推理小説
志摩《しま》半島殺人事件　内田康夫

長編本格推理小説
金沢《かなざわ》殺人事件　内田康夫

長編本格推理小説
喪《うしな》われた道　内田康夫

長編本格推理小説
鯨の哭《な》く海　内田康夫

長編推理小説
棄霊島《きれいじま》 上下　内田康夫

長編推理小説
還《かえ》らざる道　内田康夫

長編推理小説
汚《よご》れちまった道　内田康夫

長編旅情推理
笛吹川殺人事件　梓林太郎

長編旅情推理
紀の川殺人事件　梓林太郎

長編旅情推理
京都 保津川殺人事件　梓林太郎

長編旅情推理
京都 鴨川殺人事件　梓林太郎